中国文化文学经典文丛

纳兰词

【清】纳兰性德/著　　孙建军/主编

吉林文史出版社

图书在版编目（CIP）数据

纳兰词／（清）纳兰性德著．－－长春：吉林文史出版社，2016.12（2024.6重印）
（中国文化文学经典文丛／孙建军主编）
ISBN 978-7-5472-3039-8

Ⅰ．①纳… Ⅱ．①纳… Ⅲ．①词（文学）－作品集－中国时代 Ⅳ．①I222.849

中国版本图书馆CIP数据核字(2016)第134646号

NALANCI
书　　名：纳兰词

著　　者：（清）纳兰性德
主　　编：孙建军
责任编辑：高冰若
封面设计：韩东坡
出版发行：吉林文史出版社
地　　址：长春市福祉大路5788号
邮　　编：130117
电　　话：0431-81629352
网　　址：www.jlws.com.cn
印　　刷：三河市燕春印务有限公司
开　　本：920mm×1280mm　1/16
印　　张：30
字　　数：380千字
版　　次：2016年12月第1版　2024年6月第5次印刷
书　　号：ISBN 978-7-5472-3039-8

定　　价：78.00元

前　言

纳兰性德（1655—1685），原名成德，字纳兰性德，号楞伽山人，满洲正黄旗人。大学士明珠的儿子。康熙进士，官一等侍卫。纳兰性德年少聪颖过人，文武全才。康熙十五年（1676），中丙辰科二甲第七名，赐进士出身，后授三等侍卫，循进一等，武官正三品。娶妻两广总督尚书卢兴祖之女卢氏，成婚三年后妻子亡故。继娶官氏。妾颜氏。亦曾纳江南才女沈宛。康熙二十四年（1685），因寒疾与世长辞，时年三十一岁。

纳兰性德一腔的愁绪，无处可诉，只有倾诉于诗词之中，高产的词作还有高质量的诗词，让纳兰性德著称于世。二十四岁时，他把自己的词作编选成集，名为《侧帽集》。后来因参透世事，又改名为《饮水集》。他的词作非常之多，后人在他原有词作的基础上，进行增遗补缺，编辑一处，名为《纳兰词》。其词清新优雅，广为传唱。王国维曾赞曰："以自然之眼观物，以自然之舌言情。此由初入中原未染汉人风气，故能真切如此。北宋以来，一人而已。"

纳兰性德在词的造诣上渐渐无人可及。清朝初年的词坛景象较为不景气，好的词作者并不多，词坛一片寂寂无声之景象，纳兰性德犹如一颗新星，在清初词坛掀起轩然大波。在当时词坛中兴的局面下，他与阳羡派代表陈维崧、浙西派掌门朱彝尊鼎足而立，并称“清词三大家”。年纪轻轻就可以鼎立词坛，纳兰性德的才华不容小觑。更主要的是，纳兰性德是满族显贵，他并没有接受过系统的汉文化，但却能够将汉文化掌握，并且运用得如此精深灵动，这才是纳兰性德最让人称奇的地方。

纳兰性德的词清新隽秀、哀感顽艳，颇近南唐后主。纵观纳兰性德的词风，清新淡雅间又不乏真情实意，虽然多是哀婉抒情之词，但却并不艳俗，反倒是清新脱俗，不流于坊间一些低俗之作，有着自己独特的风格和特色。

作为一个满族人，纳兰性德对汉文化的学习不遗余力，他早年就勤读诗书，为汉族文化与满族文化的融会贯通打下了很好的基础。之后，在纳兰性德的青年时期，他发奋研读，并拜徐乾学为师。在名师的指导下，纳兰性德的文化功力日渐深厚，而且，在拜师学习的这几年期间，他还主持编纂了一部1792卷编的儒学汇编——《通志堂经解》，受到了皇帝的赏识。这一举动为纳兰性德日后在朝廷的发展赢得了一个头彩。不但如此，纳兰性德还熟读经史子集，并且还把读书过程中的见闻和学友传述记录整理成文，用三四年时间，编成四卷集《渌水亭杂识》，其中包含历史、地理、天文、历算、佛学、音乐、文学、考证等方面知识。可见纳兰性德有着相当广博的学识，爱好也十分广泛。

纳兰性德的诗词在清代享有很高的声誉，在中国文学史上，《纳兰词》光彩夺目。满汉融合时期，贵族家庭兴衰关联王朝国事的典型性；侍从帝王却向往平淡的经历，构成特殊的环境与背景。个人超逸才华，诗词的创作呈现独特的个性特征和鲜明的艺术风格。后人虽然热捧纳兰词，但却未必能够读懂纳兰词中的真正含义。纳兰性德好友曹寅在《题楝亭夜话图》中就哀叹道："家家争唱饮水词，纳兰心事几曾知？"

《纳兰词》收录的纳兰性德的词，是对他一生情感的真实写照。《纳兰词》中所附原文、译文注释，从多角度将词作的主题思想、创作背景、词人境况以及词作的意境、情感全面地展示出来。

在纳兰性德的诗词中，写景状物关于水、荷尤其多。首先其别墅就名为"渌水亭"。无论关于渌水亭所在地点的争议怎样，无论它是在京城内什刹海畔，还是在西郊玉泉山下，亦或在其封地皂甲屯玉河之滨，都没能离开一个水字。对于水，纳兰性德是情有独钟的。中国传统文化中，把水认作有生命的物质，认为是有德的，并用水之德比君子之德，滋润万物，以柔克刚，川流不息，从物质性理的角度赋予其哲学的内涵。这一点被纳兰性德这位词人尤为看重。

纳兰性德的诗词中，有不少是因护驾游历北京西山一带风景名胜时写作的。这些地方至今几乎都有迹可循，有史可稽。这些因名胜古迹生发的感慨和情致出之有处。通过对所写地方进行体察，能够更深刻、更全面地了解、认识纳兰性德此类诗词创作的起因和他丰富的文史知识，以及对客观事物形象准确的感受。

一生挣扎于富贵与自由、家族与爱情之间的纳兰性德，历经悲观心态，走完了人生之路，而他留给后人的除了无尽的哀叹与惋惜之外，还有宝贵的《纳兰词》。

编者

2016年4月

目 录

梦江南（昏鸦尽）

昏鸦[①]尽，小立恨因谁？急雪乍翻香阁[②]絮，轻风吹到胆瓶[③]梅，心字[④]已成灰。

【注释】

①昏鸦：黄昏时分，昏暗不明的乌鸦群。

②香阁：青年女子所居之内室。

③胆瓶：长颈大腹的花瓶，形如悬胆之花瓶。

④心字：即心字香，一种炉香名。

【译文】

黄昏时分乌鸦都飞走了，我却独自站在那里，心中的怨恨都是为谁而生的呢？风乍起，香阁前的柳絮犹如急雪般翻飞，晚风轻轻地吹拂着胆瓶里盛开的梅花。再看那心字篆香已经默默地燃成灰烬。

◎ **创作背后的故事**

据说，这首词是写在纳兰性德的表妹雪梅被选到宫里之后。他与表妹雪梅一块儿长大，从小青梅竹马，两小无猜，虽然没有挑明爱情关系，但纳兰深深地爱着雪梅这是事实。他与表妹曾经一块儿去读私塾，一块儿玩耍，一块儿对诗作赋。如今，表妹走了，走进了皇宫，当了妃子。一场早期的恋爱就这样成了泡影。表妹走后，纳兰曾经装扮成僧人进宫去见过表妹一面。匆匆一面，而且还隔着宫廷里的帏幔。他经常一个人在黄昏时小立，望着宫廷的方向凝神，初恋是彻底没有希望了，这辈子也别再想与表妹雪梅见一面了。

梦江南（江南好，建业旧长安）

江南好，建业①旧长安。紫盖②忽临双鹢渡，翠华③争拥六龙④看。雄丽却高寒。

【注释】

①建业：指南京。南京曾为东吴、东晋、宋、齐、梁、陈、南唐、明等八代王朝的都城，故称“旧长安”（长安为都城之代指）。

②紫盖：指云气，古人附会为象征王者之气。《三国志·吴志·孙权传》裴松之注引《吴书》：（陈化）为郎中，令使魏，魏文帝因酒酣，嘲问曰：“吴魏峙立，谁将平一海内者乎？”化对曰：“《易》称帝出乎震，加闻先哲知命，旧说紫盖黄旗，运在东南。”双鹢，即船头绘有鹢鸟图像的船，此处指皇帝之游船。

③翠华：一种用翠鸟羽毛作装饰的旗子。《汉书·司马相如传》：“建翠华之旗。”此处代指皇帝

之车驾。

④六龙：古代皇帝的车驾用六匹马，故六龙即成为皇帝之代称，杜牧《长安晴望》：“回识六龙巡幸处。”此二句是描写巡幸建业时的盛况。据《熙朝新语》卷八载：康熙此行南京，“父老从观者数万人”，出现了“古今未有之盛举”。

【译文】

江南好，这座古都，忽然有帝王的船队来到，人们争相瞻仰这盛大的仪仗，扫空了秋天带来的寒意。

梦江南（江南好，城阙尚嵯峨）

江南好，城阙尚嵯峨。故物[①]陵前唯石马[②]，遗踪陌上有铜驼[③]。玉树[④]夜深歌。

【注释】

①故物：旧物，前人遗物。

②石马：指前代帝王陵墓前的石刻。唐杜甫《玉华宫》："当时侍金舆，故物独石马。"

③铜驼：晋陆机《洛阳记》："洛阳有铜驼街，汉铸铜驼三枚，在宫南，四会道夹路相对。俗语云：'金马门外集众贤，铜驼陌上集少年。'言人物之盛也。"洛阳铜驼陌（街）是繁华的地方，故风流少年多会于此，后以之代指游冶之地或指繁华之地。

④玉树：指歌曲《玉树后庭花》。此曲为南朝陈后主所制，以其声情浓艳被视作亡国之音。这里泛指柔软的歌曲。

【译文】

江南好，古城的城阙仍是旧模样，峻拔耸立。而故物尽遭毁弃，只有前代帝王陵墓前的石刻孤独地守陵。不知名的小巷里还残存一点承载着前朝繁华风流的遗迹，也昭示着前朝的荒淫堕落。

梦江南（江南好，怀古意谁传）

江南好，怀古意谁传。燕子矶[①]头红蓼月，乌衣巷[②]口绿杨烟。风景忆当年。

【注释】

①燕子矶：地名，在江苏省南京市东北郊观音门外，长江边，三面悬绝临水，状如飞燕，为南京名胜之一。

②乌衣巷：地名，在南京市秦淮河利涉桥南，为晋宋时期王、谢等名门望族所居之地。

【译文】

江南好，生出怀古的意绪。城外燕子矶头，月色浩荡，满岸红蓼；城内乌衣巷口，绿杨烟轻，却早已寻不见鼎盛时期的景象了。

梦江南（江南好，虎阜晚秋天）

江南好，虎阜[①]晚秋天。山水总归诗格[②]秀，笙箫[③]恰称语音圆。谁在木兰船？

【注释】

①虎阜：即虎丘，在江苏省苏州市西北阊门外，一名海涌山。春秋时吴王阖闾葬于此，传说葬后三日有虎踞其上，故名。又，宋代朱长文认为“丘如蹲虎，以形名”。东晋王珣兄弟舍宅为虎丘寺，唐改名武丘报恩寺，五代末建塔，宋为云岩禅寺，清改虎阜禅寺。此山风景盛极一时，登临可俯瞰全城，为苏州名胜之一。

②诗格：原指诗之风格，此处是借喻山水极富诗情画意，极清幽秀丽。

③笙箫：意谓苏州之歌美妙动听，笙箫之音与柔美回润的吴语相融合，优美极了。

【译文】

江南好，晚秋时节的虎丘景色宜人。山水如诗，笙箫恰与当地的吴侬软语配得刚好。是谁，在木兰舟中守候？

梦江南（江南好，真个到梁溪）

江南好，真个到梁溪[①]。一幅云林[②]高士画，数行泉石[③]故人题[④]。还似梦游非？

【注释】

①梁溪：水名，在江苏省无锡市西。源出惠山，流入太湖。古时此水极窄，梁时疏浚，故名。

②云林，指元代画家倪瓒（字云林），严绳孙擅长画山水，故此处借指绳孙。

③泉石：指山水。

④“一幅”二句：意谓看了绳孙这一幅描画梁溪的画，画中又有故人的题字，使人真仿佛到了梁溪。

【译文】

江南好，我真的到了无锡。此处的山水，自成一幅高士的画作。发现至交故友的题写，感觉如同做梦一般。

梦江南（江南好，水是二泉清）

江南好，水是二泉[1]清。味永出山那得浊，名高有锡[2]更谁争，何必让中泠[3]。

【注释】

①二泉：指江苏无锡市西郊之惠山泉，又名“陆子泉”，唐人评其为“天下第二泉”，因又名“二泉”。此泉水质极佳，最宜煎茶。宋徽宗时为宫廷贡品，清代康熙、乾隆下江南时，多所品题。

②名高有锡：意谓二泉名满天下，其美名是早为人们所赐予。

③中泠：即中泠泉，一作中零。在江苏镇江市西北石山簿之东。唐人以为此泉煎茶最佳，故有“天下第一泉”之称。

【译文】

江南好，无锡惠山泉有“天下第二泉”的称号，泉水清澈。就算流出山外也不会浑浊，还有哪里的泉水可以与之相比呢？为何让中泠泉占了“天下第一泉”的名头？

梦江南（江南好，佳丽数维扬）

江南好，佳丽[①]数维扬[②]。自是琼花[③]偏得月，那应金粉不兼香。谁与话清凉。

【注释】

①佳丽：美丽。

②维扬：即今江苏扬州市。

③琼花：扬州琼花为绝世之诊，有“维扬一枝花，四海无同类”（宋韩琦《后土祠琼花》）之美称，但据《洪武郡志》云：“至元十三年（1276）花朽，道士金丙瑞以聚八仙补植故地，而琼花遂绝。凡元人称琼花者皆八仙也。”故今之琼花乃聚八仙之变种，此花虽无古琼花异香芳郁，花瓣有淡黄、洁白之别，但其树姿与花形皆似当年之琼花。

④金粉：花蕊之粉，这里代指琼花。

【译文】

江南好，属扬州最美丽。琼花占尽扬州天下第一的月色，且香气胜于其他花卉。谁来与我一同分享这份清凉。

梦江南（江南好，铁瓮古南徐）

江南好，铁瓮[①]古南徐[②]。立马江山千里目，射蛟风雨百灵趋[③]。北顾[④]更踌躇。

【注释】

①铁瓮：即铁瓮城，京口（今镇江市）北固山前的一座古城。三国时孙权所建。唐杜牧《润州》之二："城高铁瓮横强弩，柳暗朱楼多梦云。"冯集梧注："原注：'润州城，孙权筑，号为铁瓮。'《演繁露》：'润州城古号铁瓮，人但知其取喻以坚而已，然瓮形深狭，取以喻城，似为非类。乾道辛卯，予过润，蔡子平置燕于江亭，亭据郡治前山绝顶，而顾子城雉堞缘冈，弯环四合，其中州郡诸廨在焉，圆深之形，正如卓瓮，予始知喻以为瓮者，指子城也。'"

②南徐，州名，即今江苏镇江市。东晋南渡，侨置徐州于京口。公元431年（南北朝宋元嘉八年）以江南晋陵地为南徐州，仍治京口。公元581年（隋开皇元

年）废。

③“立马”二句：谓立于北顾山，面对大江而遥想古代帝王的勇武的霸业。射蛟，《汉书·武帝纪》：“五年冬，行南巡狩……自寻阳浮江，亲射蛟江中，获之。”后以之作为颂扬帝王勇武之典。百灵，即百神。陆机《太山吟》：“幽涂延万鬼，神房集百灵。”

④北顾：即北固山，在今江苏镇江市北。《世说新语·言语》：“荀中郎在京口，登北固望海云。”注引《南徐州记》：“城西北有别岭入江，三面临水，高数十丈，号曰北固。”梁武帝曾登此山，谓可为京口壮观，因改名“北顾”。

【译文】

江南好，镇江北固山前的铁瓮城巍峨耸峙。帝王登临于金山顶上，立马眺望江山千里，想起扬帆长江在神灵的庇护下射杀蛟龙的壮举，怎么不踌躇满志呢。

梦江南（江南好，一片妙高云）

江南好，一片妙高云[①]。砚北[②]峰峦米外史[③]，屏间楼阁李将军[④]，金碧矗斜曛[⑤]。

【注释】

①妙高云：谓妙高山上浮云缭绕。妙高，妙高山，在江苏镇江市金山之最高处，形势极胜，上有妙高台，宋僧人了元建，一名晒台。此处常有浮云缭绕，景观绝妙。

②“砚北”二句：谓妙高山之风景美妙如画。

③米外史，宋代画家米元章（1051–1107），号鹿门居士，又称海岳外史、襄阳漫士。其山水画远宗王洽，近师董源，别出新意，自成一派。

④李将军，李建（651–716），唐宗室，人称大李将军（其子李昭道，人称小李将军）。善画山水树石，笔力遒劲，金碧辉映，自成家法。后人画着色山水多取其法。

⑤斜曛：夕阳之徐光。

【译文】

江南好，妙高山上浮云缭绕，景色绝妙。面对峰峦，想起宋代的书画名家米芾。透过屏风所见的金山寺建筑，仿佛是唐代的李思训将军笔下的青绿山水矗立在夕阳的余晖里。

梦江南（江南好，何处异京华）

江南好，何处异京华？香散翠帘多在水，绿残红叶胜于花。无事[1]避风沙[2]。

【注释】

①无事：没有必要、无须。

②无事避风沙：意思是江南风光秀丽，气候宜人，没有北方那令人生厌的风沙，故无须躲避。

【译文】

江南好，江南丝毫不亚于京城。花开香气散入人家的帘栊，绿叶变红更加美丽，比花开时更绚烂。江南风光秀丽，气候宜人，没有北方那令人生厌的风沙，无须躲避。

梦江南（新来好，唱得虎头词）

新来[1]好，唱得虎头词[2]。一片冷香惟有梦，十分清瘦更无诗[3]。标格早梅知[4]。

【注释】

①新来：新近，近来。

②虎头词：指纳兰好友顾贞观客居苏州时所填之词。虎头，东晋画家顾恺之，小字虎头。顾贞观与顾恺之同里同姓，故以虎头借指顾贞观。

③“一片”二句：此二句是顾贞观《浣溪沙·梅》中的两句。其词云：“物外幽情世外姿，冻云深护最高枝。小楼风月独醒时。一片冷香惟有梦，十分清瘦更无诗。待他移影说相思。”冷香，指梅花之清香。宋姜夔《念奴娇》：“嫣然摇动，冷香飞向诗句。”

④“标格”句：意思是你词中表现出的标格，大约能被那有知有灵的梅花知晓。标格，风范、风度。

宋苏轼《荷花媚·荷花》：“霞苞电荷碧，天然地、别是风流标格。”

【译文】

近来尚好，经常唱起你（顾贞观）所填的词，其中最爱“一片冷香惟有梦，十分清瘦更无诗”这两句。你词中表现出的标格，大约能被那有知有灵的梅花知晓。

◎ **创作背后的故事**

康熙十八年（1679）前后，顾贞观有咏梅词给予纳兰，词云：“物外幽情世外姿，冻云深护最高枝。小楼风月独醒时。一片冷香惟有梦，十分清瘦更无诗。待他移影说相思。”是词即嗣后所作，词中多顾词原句，既表达了对顾词的击节叹赏以及欣喜之情，又以词中所咏早梅清瘦、冷香之标格，赞美了顾贞观其人其词。

梦江南（挑灯坐，坐久忆年时）

挑灯[①]坐，坐久忆年时[②]。薄雾笼花娇欲泣，夜深微月下杨枝[③]。催道太眠迟。　　憔悴去，此恨有谁知。天上人间俱怅望[④]，经声[⑤]佛火[⑥]两凄迷。未梦已先疑。

【注释】

①挑灯：拨动灯火，点灯。亦指在灯下。

②忆年时：谓回忆起去年此时来。

③杨枝：杨柳的枝条。

④怅望：惆怅地看望或想望。

⑤经声：诵经之声。

⑥佛火：供佛时点燃的油灯香烛之火。

【译文】

挑灯而坐，瞧不尽镜里灯花瘦，泪眼蒙眬，说不出相思话语噎满喉。又是一个上弦月的晚上。　　想着玉人娇容，眼中所见油灯香烛之火，耳中所听诵经之声都是凄迷之情景，更增添了惆怅，幻想是玉人催促自己入眠的。

梦江南（江南忆，鸾辂此经过）

江南忆，鸾辂[1]此经过。一掬胭脂沉碧甃，四围亭壁幛红罗。消息[2]暑风[3]多。

【注释】

①鸾辂：指皇帝车驾。

②消息：变化。

③暑风：既指词人离开江南生活后经历的风风雨雨，也指其对江南生活的眷恋。

【译文】

回忆江南往事，皇帝的车驾从此处经过。遥想陈后主与张丽华、孔贵妃曾一同藏于景阳宫井避难，想起南唐后主李煜在宫中修建红罗亭，种种变化引出对江南生活的眷恋之情。

梦江南（春去也，人在画楼东）

春去也，人在画楼[1]东。芳草[2]绿黏天一角，落花红芹水三弓[3]。好景共谁同？

【注释】

①画楼：雕饰华丽的楼房。

②芳草：碧绿的芳草连到了天边。

③三弓：长长的一大片。

【译文】

已是暮春，在雕饰华丽的楼房东边欣赏暮春的春光。碧绿的芳草连到了天边，落花把水面也染成了胭脂色。可惜好风光，没有人陪我一同欣赏。

梦江南·宿双林禅院[1]有感（心灰尽）

心灰尽，有发未全僧。风雨消磨生死别，似曾相识只孤檠[2]，情在不能醒。　　摇落[3]后，清吹[4]那堪听。淅沥暗飘金井[5]叶，乍闻风定又钟声，薄福荐[6]倾城[7]。

【注释】

①双林禅院：指今山西省平遥县西南七公里处双林寺内之禅院。双林寺内东轴线上有禅院、经房、僧舍等。

②孤檠：即孤灯。

③摇落：凋残，零落。

④清吹：清风，此指秋风。

⑤金井：井栏上有雕饰之井。

⑥荐：进献、送上。

⑦倾城：代指美女。

【译文】

心灰意冷，与僧人的差别只是头发还在。我们经历了风雨，如今生死别离，无法再相互依靠。只有那盏孤灯似曾相识，勾起我对你的思念之情。　草木凋残之后，秋风凄清，催人伤怀。落叶飘进井里，风刚停，寺院的钟声就敲响了，是我这福薄之人送上僧人对你亡魂的超度。

忆王孙（暗怜双绁郁金香）

暗怜双绁[①]郁金香，欲梦天涯思转长。几夜东风昨夜霜，减容光[②]，莫为繁花又断肠。

【注释】

①双绁（xiè）：指郁金香成双成对。

②容光：脸上的光彩。

【译文】

郁金香成双成对，令人暗生怜爱。越想她越情难自禁，只愿梦见她。一连吹了几夜的东风，昨夜有了寒意，我的脸上也失去了光彩，如何承受得起伤春的情绪。

忆王孙（刺桐花底是儿家）

刺桐[①]花底是儿家[②]。已拆秋千未采茶。睡起重寻好梦赊[③]。忆交加[④]，倚着闲窗数落花。

【注释】

①刺桐：树名。亦称海桐、木芙蓉。落叶乔木，花、叶可供观赏，因枝干间有圆锥形棘刺，故名。

②儿家：古代年轻女子对其家的自称，犹言我家。

③赊：渺茫、稀少。

④交加：谓男女相偎，亲密无间。前蜀韦庄《春愁》：“睡怯交加梦，闲倾潋滟觞。”

【译文】

她的家在刺桐花下。秋千已经拆掉了，茶叶还没有采摘。一觉醒来，想要重温方才的美梦，却已经模糊不清。勾起回忆，曾倚在窗边，空闲时数着落花。

忆王孙（西风一夜剪芭蕉）

西风一夜剪芭蕉。满眼芳菲总寂寥？强把心情付浊醪[①]。读《离骚》[②]。洗尽秋江日夜潮。

【注释】

①浊醪（láo）：即浊酒。醪，带糟的酒。

②《离骚》：屈原的代表作，也是《楚辞》中的名篇。

【译文】

一夜的西风将芭蕉吹得凋残了。满眼望去尽是落花败叶，让人陷入寂寥。勉强饮些浊酒。读一段《离骚》。平复日夜不停歇的情感浪潮。

采桑子（彤霞久绝飞琼字）

彤霞久绝飞琼[1]字[2]，人在谁边。人在谁边，今夜玉清[3]眠不眠。　　香销被冷残灯灭，静数秋天。静数秋天，又误心期[4]到下弦[5]。

【注释】

①飞琼：是仙女之意，指代纳兰所爱的女子。

②字：指书信。

③玉清：本指仙人居住的仙境，这里指代皇宫。

④心期：是指心愿。

⑤下弦：是指下弦月的时光。

【译文】

很久没有收到她的音信，不知道伊人身在何方。不知她是否和我一样夜不成眠。　　燃尽熏香，熄灭残灯，感觉到寒意袭来，静静地在秋夜里计算着重逢的日子。但重逢之日又耽搁了，不知何时才能相见。

采桑子（谁翻乐府凄凉曲）

谁翻[①]乐府凄凉曲，风也萧萧，雨也萧萧，瘦尽灯花又一宵[②]。不知何事萦怀抱，醒也无聊，醉也无聊，梦也何曾到谢桥[③]。

【注释】

①翻：演唱或演奏之意。欧阳修《蝶恋花》：“红粉佳人翻丽唱，惊起鸳鸯，两两飞相向。”

②“瘦尽”句：意思是说眼望着灯花一点一点地烧尽，彻夜不眠。

③谢桥：谢娘桥。相传六朝时即有此桥名。谢娘，未详何人，或谓名妓谢秋娘者。诗词中每以此桥代指冶游之地，或指与情人欢会之地。晏几道：“梦魂惯得无拘谨，又踏杨花过谢桥。”纳兰反用其意，谓在梦中追求的欢乐也完全幻灭了。

【译文】

是谁在唱着凄凉的歌曲，在风雨之夜，我忧伤地度过了一夜，彻夜不眠。　　不知道是什么事情在我心中纠结，让我无论是醒着还是醉着都有惆怅的感觉。为何我连做梦也到不了她的身边。

采桑子（土花曾染湘娥黛）

土花[①]曾染湘娥黛，铅泪[②]难消。清韵[③]谁敲，不是犀椎[④]是凤翘[⑤]。 只应长伴端溪紫，割取秋潮[⑥]。鹦鹉偷教，方响[⑦]前头见玉箫[⑧]。

【注释】

①土花：苔藓。

②铅泪：指晶莹之泪。李贺《金铜仙人辞汉歌》：“画栏桂树悬秋香，三十六宫土花碧。”“空将汉月出宫门，忆君清泪如铅水。”

③清韵：清雅和谐的声响，指竹林晃动发出的声响。白居易《官舍小亭闲望》：“风竹散清韵，烟槐凝绿姿。”

④犀椎：古代打击乐器方响口的犀角制的小槌。

⑤凤翘：古代女子的首饰，形如凤，故称。此处代指所恋之女子。

⑥秋潮：指秋天之景色、情怀等。

⑦方响：打击乐器。由十六枚大小相同、厚薄不一的长方形铁片组成，分两排悬于架上，以小槌击之。

⑧玉箫：此处指所恋之女子。

【译文】

乐器表面有苔藓，像湘水女神的眉黛，那斑渍如同泪水的痕迹，难以消除。是谁在敲击着它，不用犀角小槌，而是所恋的女子。　　它只应该长久地陪伴在紫石端砚的旁边，它就像割下的一截秋天的景色。有人在偷偷地教鹦鹉说话，是乐器前面所恋的女子。

采桑子（而今才道当时错）

而今才道[1]当时错，心绪凄迷[2]。红泪[3]偷垂，满眼春风百事非[4]。　　情知此后来无计[5]，强说欢期。一别如斯，落尽梨花月又西[7]。

【注释】

①才道：才知道。语本晏几道《醉落魄》词："心心口口长恨昨，分飞容易当时错。"又宋刘克庄：《忆秦娥》："古来成败难描摹，而近却悔当时错。"

②凄迷：凄凉迷乱。

③红泪，形容女子的眼泪。当初，魏文帝曹丕迎娶美女薛灵芸，薛姑娘不忍远离父母，伤心欲绝，等到登车启程以后，薛灵芸仍然止不住哭泣，眼泪流在玉唾壶里，染得那晶莹剔透的玉唾壶渐渐变成了红色。待车队到了京城，壶中已经泪凝如血。

④满眼春风百事非：句出于李贺《三月》诗“东方风来满眼春，花城柳暗愁杀人。”又宋赵彦端《减字木兰花》词：“满眼春风，不觉黄梅细雨中。”

⑤无计：无法。

⑥欢期：佳期，指二人重会相守之期。

⑦落尽梨花月又西：唐郑谷《下第退居二首》之一，“落尽梨花春又了，破篱残雨晚莺啼。”又宋梅尧臣《苏幕遮》词：“落尽梨花春又了，满地残阳，翠色和烟老。”纳兰此句撇开前人，用“月字”独创出凄迷冷艳的意境。梨花同月若梅花惹雪，别是一种肌骨。

【译文】

如今才知道当时的错误，心中凄凉迷乱。偷偷地掉眼泪，眼前尽是郁郁春光，一切却都变了样。　　虽然清楚你再也无法归来，但我还是假装和你定下重会相守之期。梨花已落尽，月亮也落下天际，我继续我的等待。

◎ **创作背后的故事**

康熙二十三年，在顾贞观的介绍下，纳兰结识了江南才女沈宛。他们一见如故，但沈宛是一风尘女子，在当时清朝的环境下，他们是不能成婚的。在沈宛经过长时间的煎熬之后，她提出了分手，纳兰极力挽留，却未能留住。

采桑子（严宵拥絮频惊起）

严宵[①]拥絮频惊起，扑面霜空。斜汉[②]朦胧，冷逼毡帷火不红。　　香篝[③]翠被浑闲事，回首西风。何处疏钟[④]，一穗[⑤]灯花似梦中。

【注释】

①严宵：严寒的夜。

②斜汉：即天河、银河。南朝宋谢庄《月赋》："于时斜汉左界，北陆南躔。"

③香篝：熏笼。古代室内焚香所用之器。陆游《五月十一日睡起》："茶碗嫩汤初得乳，香篝微火未成灰。"

④疏钟：稀疏的钟声。

⑤穗：谷物等结的穗，这里指灯花。

【译文】

寒冷的夜让人难以入眠，频繁惊醒，于是拥着被子坐起身来，清冷的夜空仿佛压迫到人的面前。银河斜挂在天际，星光朦胧，帐里的炉火被冷空气逼得只剩下一丝弱光。　　回想在家里有床铺，有增添暖香的熏炉，如今在西风呼啸的塞外很难挨。哪里传来了稀疏的钟声，望着灯花出神，仿佛在梦中一样。

采桑子（冷香萦遍红桥梦）

冷香[①]萦遍红桥梦，梦觉城笳。月上桃花，雨歇春寒燕子家。

箜篌[②]别后谁能鼓，肠断[③]天涯。暗损韶华[④]，一缕茶烟透碧纱[⑤]。

【注释】

①冷香：指清香之花气。

②箜篌：古代一种拨弦乐器名。又分竖箜篌与卧箜篌两种。

③肠断：形容极度悲伤。

④暗损韶华：谓美好的青春年华暗暗地消耗了。

⑤碧纱：绿纱灯罩。

【译文】

梦中行至弥漫着花香的红桥。睡梦被报晓胡笳惊醒。月光洒在桃花上，雨已停，留下一片春寒和巢中安睡的燕子。　　自从分别后，我再也无心弹奏箜篌，思念让人肝肠寸断。青春年华暗暗地消耗了，一缕茶烟透过纱窗飘了进来，预示着新的一天开始了。

采桑子（嫩烟分染鹅儿柳）

嫩烟[1]分染鹅儿柳，一样风丝。似蹙如欹[2]，才着春寒瘦不支。　凉侵晓梦轻蝉腻[3]，约略[4]红肥。不惜葳蕤[5]，碾取名香作地衣[6]。

【注释】

①“嫩烟”二句：谓春雨微细若烟雾，落在泛起鹅黄色的柳枝上，仿佛是空中飘撒着游丝一样，鹅儿柳，泛起鹅黄色之柳枝。

②似整如欹：谓春雨蒙蒙中，弱柳似烟若雾，它的枝条又好像是歪斜的雨丝泻洒。

③轻蝉腻：指蝉鬓。明叶小莺《艳体连珠发》：“如云美焉，是以琼树之轻蝉，终擅魏主之宠。”此处以轻蝉代指闺中人，谓春雨凉意袭人，晓梦初醒，令人烦恼。

④约略：略微、轻微。

⑤葳蕤：草木茂盛枝叶下垂之貌。

⑥地衣：地毯。

【译文】

春雨微细若烟雾，落在泛起鹅黄色的柳枝上，仿佛是空中飘洒着游丝一样。春雨蒙蒙中，弱柳似烟若雾，仿佛是因为抵不住春寒而瘦了下来。 冰凉的露水悄悄凝在女子的发髻上，使她从梦中醒来。花儿正盛开，春雨却不懂怜惜，将它们打落在地，形成一层地毯。

采桑子（非关癖爱轻模样）

非关癖爱轻模样[①]，冷处偏佳。别有根芽[②]，不是人间富贵花[③]。　　谢娘[④]别后谁能惜，飘泊天涯。寒月悲笳[⑤]，万里西风瀚海沙。

【注释】

①轻模样：大雪纷飞状。孙道绚《清平乐（雪）》："悠悠扬扬。做尽轻模样。"此谓对于雪花的偏爱。

②根芽：比喻事物的根源、根由。

③富贵花：牡丹或者海棠。

④谢娘：谢道韫。此谓后世已无谢娘一般的才女。

⑤悲笳：悲凉的笳声。

【译文】

不是我偏爱大雪纷飞的模样，谁让它在越寒冷的地方开得越美。雪花不同于其他花卉的根源，是它属于天上，不是人间的富贵花。　　自从雪花的知己谢道韫去世后，雪花只能在天涯漂泊。在冷清的月色、悲切的胡笳声里，在凛冽的西风、无垠的沙漠里。

采桑子（桃花羞作无情死）

桃花羞作无情死，感激东风。吹落娇红[①]，飞入窗间伴懊侬[②]。

谁怜辛苦东阳瘦[②]，也为春慵[③]。不及芙蓉，一片幽情冷处浓[④]。

【注释】

①娇红：嫩红，鲜艳的红色。这里指花。

②东阳瘦：东阳，指沈约。南朝文学家，亦是著名的美男子，沈约曾做东阳（今属浙江）守，故称。《南史·沈约传》谓沈约与徐勉书云：“百日数旬，革带常应移孔，以手握臂，率计月小半分，以此推算，岂能支久？”革带移孔，即腰带移孔，指人消瘦。古语有“沈腰潘鬓”之说，特指姿态、容貌美好男子在岁月中折损，令人惋惜。此处纳兰自比沈约颇自怜自恋。

③春慵：人因春尽而慵懒。

④“不及”二句：明王次回《寒词》：“个人真

与梅花似，一片幽香冷处浓。”纳兰反用其意，谓此时心情还不如芙蓉，它于冷处还能发出浓郁的香气，可我心却如桃花已谢，春光不再。

【译文】

桃花多情，不肯凋谢，于是从枝头飘落，乘着东风飘进我的窗子。　　有谁怜惜我日渐消瘦，而我因春尽而慵懒。此时心情还不如芙蓉，它于冷处还能发出浓郁的香气，可我心却如桃花已谢，春光不再。

◎ **创作背后的故事**

这时候的纳兰虽然年纪还轻，但早已经拜了名师，熟读了各种儒家经籍，在十八岁那年通过了乡试，中了举人。次年春闱，纳兰再一次考取了很好的成绩。接下来的三月就是科举考试的最后一关——由皇帝亲自在保和殿主持的殿试。对这次殿试，纳兰志在必得，而以他的才学而论，也确有必得的把握。但上天总是不遂人愿，就在临考的当口，纳兰的寒疾突然发作，无情地把他困在了院墙之内、病榻之上。

读书人一生中最重要的一个关卡就这样被无可奈何地错过了，但上天这一次也许真的怜惜了他的苦闷：病愈之后，他结了婚，得到了他生命中第二个重要的女人——卢氏。

采桑子（拨灯书尽红笺也）

拨灯书尽红笺[①]也，依旧无聊。玉漏[②]迢迢，梦里寒花[③]隔玉箫。　　几竿修竹[④]三更雨，叶叶萧萧。分付秋潮[⑤]，莫误双鱼[⑥]到谢桥[⑦]。

【注释】

①红笺：一种制作精美的小幅红纸，常作为题写诗词、请柬等用。

②玉漏：玉制的计时器，即漏壶。

③寒花：寒冷时节所开的花，一般多指菊花。

④修竹：长长的竹子。

⑤分付秋潮：谓将这孤独寂寞的苦情都付与此时的秋声秋雨中。

⑥双鱼：代指书信。

⑦谢桥：谢娘桥，借指情人所居之处。

【译文】

挑亮灯烛，写完这封信，心里依然惆怅。夜深了，梦中的你已与我生死相隔。　　雨水打在长长的竹子上，每一声都是伤心。将这孤独寂寞的苦情都付与此时的秋声秋雨中，我这封信要怎么才能寄给你。

采桑子（凉生露气湘弦润）

凉生露气湘弦[①]润，暗滴花梢。帘影谁摇，燕蹴风丝上柳条[②]。

舞鹍镜匣开频掩，[③]檀粉慵调[④]。朝泪如潮，昨夜香衾觉梦遥。

【注释】

①湘弦：即湘瑟，湘妃所弹之瑟。

②“帘影”二句：谓帘外疏影摇摇，原来是小燕子乘着微微细风飞上了柳枝。

③“舞鹍”句：鹍（kūn），形似鹤，黄白色。《异苑》谓：“犷山鸡爱其羽毛，映水则舞，魏武时南方献之。公子苍舒令置大镜前，鸡鉴形而舞，不知止，遂乏死。”此句是说对镜理妆，自怜自伤，镜匣频开频掩。

④檀粉慵调：懒得匀调香粉，意谓倦于梳妆。檀粉，香粉。

【译文】

清凉的露气，润湿了琴弦，凝成的水滴滴湿了花梢。帘外疏影，是小燕子乘着微微细风飞上了柳枝。

对镜理妆，镜匣频开频掩，懒得匀调香粉。泪如泉涌，想起昨夜的梦境，思念的人在遥远的异乡。

采桑子（谢家庭院残更立）

谢家庭院残更立，燕宿雕梁①。月度银墙②，不辨花丛那辨香。　　此情已自成追忆，零落鸳鸯。雨歇微凉，十一年前梦一场。

【注释】

①雕梁：刻绘文采的屋梁。

②银墙：月光下泛着银白颜色的墙壁。

【译文】

我独立伫立在庭院中，看燕子睡在屋梁上。月亮从墙这边绕道墙那边，却不见她的到来，不知道她的心意。　　那一段往事已成为回忆，我们再也无缘相见。今天站在雨刚停的庭院里，感觉像曾经的那场爱情，如同在梦境。

采桑子（明月多情应笑我）

明月多情应笑我，笑我如今。辜负春心[①]，独自闲行独自吟。

近来怕说当时事，结遍兰襟[②]。月浅灯深，梦里云归何处寻。

【注释】

①春心：指春日景色引发出的意兴和情怀。《楚辞·招魂》："目极千里兮伤春心，魂兮归来哀江南。"王逸注："言湖泽博平，春时草短，望见千里令人愁思而伤心也。"

②兰襟：芬芳的衣襟。比喻知己之友。

【译文】

多情的明月会笑话我现在这副惆怅的样子。辜负了春日景色引发出的意兴和情怀，孤独地漫步行吟。

近来很怕提起从前的事，想起结交的知己。月色淡去，灯火暗去，不知我何时才能见到你。

◎ 创作背后的故事

此词意是为怀友之作。纳兰是极重友情之人，他的座师徐乾学之弟徐元文在《挽诗》中赞美道：“子之亲师，服善不倦。子之求友，照古有烂。寒暑则移，金石无变。非俗是循，繁义是恋。”这绝非虚美之词，纳兰之友确是“在贵不骄，处富能贫”。其“结遍兰襟”并非夸饰之语，但重情又往往成了负担，常常带来失落和惆怅。本篇即是抒写此种情怀的小词。也说纳兰曾娶江南艺妓沈宛为侍妾，后来被迫分离，这首词似乎是为怀念沈宛而作。

采桑子（那能寂寞芳菲节）

那能寂寞芳菲节，欲话生平。夜已三更。一阕悲歌泪暗零。

须知秋叶春花[①]促，点鬓星星[②]。遇酒须倾，莫问千秋万岁名。

【注释】

①秋叶春花：年复一年地催促着人由少到老，除了徒增白发之外，了无生趣。

②星星：形容白发星星点点地生出。

【译文】

草木芳菲的时节，人怎么在寂寞中度过。夜已深，在暗自流下的泪水里化作一阕悲歌。　要知岁月催人老，如今头发已经斑白。索性今朝有酒今朝醉，何必操心身后的虚名。

采桑子·九日（深秋绝塞谁相忆）

深秋绝塞[①]谁相忆，木叶萧萧。乡路[②]迢迢。六曲屏山和梦遥[③]。　　佳时倍惜风光别[④]，不为登高。只觉魂销。南雁归时更寂寥。

【注释】

①绝塞：极遥远之边塞。

②乡路：指还乡之路。

③“六曲”句：六曲屏山，曲折之屏风。因屏风曲折若重山叠嶂，或谓屏风上绘有山水图画等，故称“屏山”。此处代指家园。这句是说，故乡那么遥远，只有在梦中才能见到她。

④“佳时”句：谓逢此重阳佳节，故园正风光美好，这就更令人倍增离愁别绪。

【译文】

深秋我远在塞外，家乡是否有谁在思念我。落叶纷飞，遮住了回家的路。故乡那么遥远，只有在梦中才能见到她。　　逢此重阳佳节，故园正风光美好，倍增离愁别绪，不是因为登高望远之故，而是因为思念。在这北雁南归的时节，我却不能归去，更加感到寂寥难挨。

采桑子（海天谁放冰轮满）

海天谁放冰轮[①]满，惆怅离情。莫说离情，但值良宵[②]总泪零。　　只应碧落[③]重相见，那是今生。可奈[④]今生，刚作愁时又忆卿。

【注释】

①冰轮：月亮。

②良宵：景色美好的夜晚。

③碧落：道教语。指青天、天空。

④可奈：怎奈。李煜《采桑子》："可奈情怀，欲睡朦胧入梦来。"

【译文】

是谁在海天之间安放一轮皎洁的圆月，增添了离愁别绪。不要再说什么离愁别绪，但每逢景色美好的夜晚，我总是涕泪飘零。　　我们定会在另一个世界重逢，只是今生无法再相遇。怎奈今生，我又一次在愁怀中想起你。

采桑子（白衣裳凭朱阑立）

白衣裳凭朱阑[①]立，凉月趖西[②]。点鬓霜微，岁晏[③]知君归不归？　残更目断传书雁，尺素还稀。一味相思，准拟[④]相看似旧时。

【注释】

①朱阑：即朱栏，朱红色的围栏。

②趖（suō）西：向西落去。趖，走之意。

③岁晏：年末之时。

④准拟：料想、希望。

【译文】

身穿一袭白衣，倚在朱红色栏杆上，孤冷的月向西落去。鬓角有了些白发，年末之时，不知道你会不会归来。　更鼓已稀，又是一个不眠夜，又没有等来你的书信。一味思念你，希望重逢时，你还是旧时的模样。

采桑子·居庸关①（巂周声里严关峙）

巂周②声里严关③峙，匹马登登④，乱踏黄尘。听报邮签⑤第几程。　行人莫话前朝事，风雨诸陵。寂寞鱼灯⑥，天寿山⑦头冷月横。

【注释】

①居庸关：关名，在北京昌平区境，距北京50公里，是长城的重要关口之一。据传秦修长城时，将一批庸徒（佣工）徙居于此，故得名“居庸”。居庸关城始建于明洪武元年（1368），其左（西墙）在金柜山，右（东墙）在翠屏山上，南门上有“居庸关”三字，旁有小字“景泰二年岁次癸未（1451）仲秋吉旦立”。此地崇山峻岭，草木葱茏，又地势绝险，自古以来为北京西北之重要门户。

②巂（guī）周：车轮转一周。巂通“规”。《礼记·曲礼》上：“立视五巂。”注云：“巂犹规也。谓车轮之度。”

③严关：地势险要之关口。此句是说在车声隆隆中越过了山峦对峙、地势险峻的雄关。

④登登：象声词，指马蹄声。

⑤邮签：古代驿馆夜间报时之器，即漏筹。杜甫《宿青草湖》："宿浆依农事，邮签报水程。"

⑥鱼灯：鱼形之灯。

⑦天寿山：北京昌平区东北之天寿山。旧名东山，一名东作山。明永乐七年建山陵，改名天寿山，为明代皇陵（十三陵）所在地。

【译文】

在车声隆隆中越过了山峦对峙、地势险峻的雄关，我匹马独行。一路踏着黄尘，听着驿站夜里报时的更筹来计算行程。　　风雨中经过帝陵，不必谈什么前朝往事。陵墓中的鱼灯寂寞地燃烧，一弯冷月照在天寿山头。

添字采桑子（闲愁似与斜阳约）

闲愁似与斜阳约[①]，红点[②]苍苔[③]，蛺蝶飞回。又是梧桐新绿影，上阶来。　天涯望处音尘断，花谢花开，懊恼离怀。空压钿筐[④]金缕绣，合欢鞋[⑤]。

【注释】

①“闲愁”句：谓正当愁绪满怀之时，偏又逢夕阳西下，故愁情仿佛是与夕阳有约。

②红点：指下句之蛺蝶飞来落在了苍苔之上。

③苍苔：青色苔藓。

④钿筐：镶嵌金、银、玉、贝等物的筐。

⑤“空压”二句：意谓饰有螺钿之筐中，只剩有一双金缕绣织的鞋子，而鞋之主人却不在身边了。

【译文】

正当愁绪满怀之时，偏又逢夕阳西下，故愁情仿佛是与夕阳有约。苔藓里偶尔生长着星星点点的红花，蛱蝶飞来落在了苍苔之上。梧桐长出了新叶，斜阳把一片树影洒上了台阶。 望尽天涯，却得不到消息，任年复一年花开花谢，心事却不能释怀。饰有螺钿之筐中，只剩有一双金缕绣织的鞋子，而鞋之主人却不在身边了。

浣溪沙（十里湖光载酒游）

十里湖光载酒游，青帘[1]低映白蘋洲[2]。西风听彻采菱讴[3]。沙岸有时双袖拥，画船何处一竿收[4]。归来无语晚妆楼。

【注释】

①青帘：旧时酒店门口挂的幌子，多用青布制成。

②白蘋洲：江苏吴兴霅溪有白蘋洲，但诗词中多泛指，谓长满白色蘋花的沙洲。温庭筠《梦江南》：“斜晖脉脉水悠悠，断肠白蘋洲。”这里是描绘江南旖旎的湖光山色之美丽宜人。

③采菱讴：采菱人唱的歌曲。

④“沙岸”二句：此二句描绘画船游于水中，从船上向两岸望去，所见繁华热闹、美女蹁跹的景象。一竿，宋代京城买一妾需五千钱。每五千钱称为“一竿”。此处“一竿”与上句“双袖”对举，借指美女。又，李煜《渔父》词：“浪花有意千重雪，桃李无言一队春。一壶酒，一竿身，世上如侬有几人。”

故此处之“一竿”亦可为渔人之代指。

【译文】

十里湖光，碧波荡漾，饮酒楫舟，酒楼青帘低垂，白蘋映照斜晖。西风飘过，传来采菱人的歌声。　　沙岸上美女如画，水袖翩然。宋代丽妾值五千，我今游画船，世上知吾有几人。兴尽晚归家，无语独自上楼庭。

浣溪沙（脂粉塘空遍绿苔）

脂粉塘空遍绿苔，掠泥营垒燕相催[①]。妒他飞去却飞回。

一骑近从梅里过，片帆遥自藕溪来。博山炉烬[②]未全灰。

【注释】

①“脂粉”二句：谓脂粉塘长满了绿苔，已非昔时的景象，垒巢的燕子掠泥而飞，好像是奔忙相催。脂粉塘，传说为春秋时西施沐浴之溪塘。南朝梁任舫《述异记》：“吴故宫有香水溪，俗云西施浴处，又呼为脂粉塘。吴王宫人濯妆于此溪上源，至今馨香。”这里指闺阁之外的溪塘。

②博山炉烬：博山炉中的香已烧完。

【译文】

脂粉塘已长满了绿苔，但见小燕子飞来飞去衔泥建巢，心生忌妒。想自己的心上人却不能归来。　想象着，自己的爱人骑着骏马从近处的梅里而出或是驾一片白帆从遥远的藕花深处而来。可惜这只是想象罢了。只能对着那博山炉中已烧完的香烬发呆。

浣溪沙（泪浥红笺第几行）

泪浥[1]红笺[2]第几行，唤人娇鸟怕开窗，那更闲过好时光。

屏障厌看金碧[3]画，罗衣不耐水沉香[4]。遍翻眉谱[5]只寻常。

【注释】

①浥（yì）：沾湿。泪浥，被泪水沾湿。

②红笺：红色信纸。

③金碧：金碧山水，即以泥金、石青、石绿三色为主的山水画。古人多将山水画于屏风、屏障之上。

④水沉香：即沉水香，又名沉香。落叶亚乔木，产于亚热带，木材是名贵的熏香料，能沉于水，故名。

⑤眉谱：古代女子画眉毛所参照的图谱。

【译文】

泪水一次次滴湿准备遥寄相思的信笺，窗外有鸟儿娇声啼叫，却不敢开窗。因为害怕想起以前与君共度的美好时光。　　屏风上的金碧画变得令人厌看，缭绕的沉香也叫人不耐烦。眉谱翻了又翻，心上人不在身边，对这一切都不能提起兴致了。

浣溪沙（伏雨朝寒愁不胜）

伏雨[1]朝寒愁不胜，那能还傍杏花行。去年高摘[2]斗轻盈[3]。漫惹炉烟[4]双袖紫，空将酒晕[5]一衫青。人间何处问多情。

【注释】

①伏雨：指连绵不断的雨。杜甫《秋雨叹》诗："阑风伏雨秋纷纷，四海八荒同一云。"

②高摘：攀高折花。

③斗轻盈：与同伴比赛看谁的动作更迅捷轻快。轻盈，多用以形容女子体态的轻快、灵活。

④炉烟：香炉中的熏烟。

⑤酒晕：喝完酒后脸上泛起的红晕。陆游《宴西楼》诗："烛光低映珠帐丽，酒晕徐添玉颊红。"

【译文】

连绵不断的雨，寒气带来愁绪，走到杏花树旁，记得去年还曾经在一起攀上枝头摘取花枝，比赛谁最轻盈利落。　　炉烟轻轻地萦绕，双袖在炉火映照中泛着紫红的颜色，身着青衫而脸上泛起红晕。再多的情感最后也是一场空。

◎ **创作背后的故事**

在这一年，纳兰生命中最重要的那位女子离开了人间。她是纳兰的第一位结发妻子，也有人说她是他遇到的第二个女人。无论如何，她都是纳兰怀想一生的知音和伴侣：卢氏。史书载，他们夫妻二人恩爱有加，感情笃深。新婚燕尔的浪漫与纳兰词人的特质融合，成就了牵魂引魄、游梦天方的醉人生活。然而短暂的快乐也许就是为了让纳兰以后的回忆更为酸楚。就在三年之后的康熙十六年四月，卢氏产下一子海亮。约月余，卢氏因为产后患病，于五月三十日撒手人寰。突如其来的打击使纳兰太伤心。在以后的悼亡诗词中，他浸着泪水的墨笔一再流露出哀婉凄楚的不尽相思之情和怅然若失的怀念心绪。他在一首《沁园春》中写道：便人间天上，尘缘未断，春花秋月，触绪还伤。

浣溪沙（谁念西风独自凉）

谁[①]念西风独自凉？萧萧[②]黄叶闭疏窗[③]。沉思往事立残阳。被酒[④]莫惊春睡[⑤]重，赌书[⑥]消得[⑦]泼茶香。当时只道是寻常。

【注释】

①谁：此处指亡妻。

②萧萧：风吹叶落发出的声音。

③疏窗：刻有花纹的窗户。

④被酒：中酒、酒醉。

⑤春睡：醉困沉睡，脸上如春色。

⑥赌书：此处为李清照和赵明诚的典故。李清照《金石录后序》云："余性偶强记，每饭罢，坐归来堂，烹茶，指堆积书史，言某事在某书某卷第几页第几行，以中否胜负为饮茶先后。中则举，否则笑，或至茶覆怀中，不得饮而起。甘心老是乡矣！故虽处忧患困穷而志不屈。"此句以此典为喻说明往日与亡妻有着像李清照一样的美满的夫妻生活。

⑦消得：消受，享受。

【译文】

秋风吹冷，有谁惦念孤独的情怀？看片片黄叶飞舞遮掩了疏窗，伫立夕阳下，往事追忆茫茫。　　酒后小睡，脸上如春色，闺中赌赛，享受衣襟满带茶香，昔日平常往事，如今已不能如愿以偿。

◎ **创作背后的故事**

纳兰性德对卢氏这位妻子有着深厚的感情，可惜的是“成婚三年后妻子亡故”。这首词就是纳兰性德为悼念亡妻卢氏所作。词中道出了今日的酸苦，即那些寻常的往事不能再现，亡妻不可复生，心灵之创痛也永无平复之日。其中有怀恋，有追悔，有悲哀，有惆怅，蕴藏了复杂的感情。

浣溪沙（莲漏三声烛半条）

莲漏[①]三声烛半条，杏花微雨湿轻绡[②]。那将红豆寄无聊[③]。

春色已看浓似酒，归期安得信如潮[④]。离魂入夜倩谁招。

【注释】

①莲漏：即莲花漏。

②轻绡：代指红色花朵。

③“那将”句：意谓愁极无奈之时便将红豆取出，记下这无聊的心绪。红豆，红豆树、海红豆及相思子果实的统称。古诗词中常以之象征爱情或相思等。那，犹奈。白居易《罢杭州领吴郡寄三相公》：“那将最剧郡，付与苦情人。”

④信如潮：即如信潮，谓如定期到来的潮水一样准确无误。

【译文】

春天的夜晚。一位寂寞的女子，默默地守候着流泪的蜡烛，有着杏花一样的小心思，被离别的微雨，一点一点地打湿。遥寄的南国红豆，还保留着他的体温。

许多春天的夜晚，潮水来时，女子的梦，已梦不见他在春天归来。

浣溪沙（消息谁传到拒霜）

消息谁传到拒霜[①]？两行斜雁[②]碧天[③]长，晚秋风景倍凄凉。

银蒜[④]押帘人寂寂，玉钗敲竹[⑤]信茫茫。黄花开也近重阳。

【注释】

①“消息”句：意思说是谁传来了消息，说待到秋天木芙蓉花开的时候他便回来。拒霜，木芙蓉花，俗称芙蓉或芙蓉花，仲秋开花，耐寒不落，故名拒霜。

②斜雁：斜飞的雁群。

③碧天：青天，蓝色的天空。

④银蒜：银制的蒜形帘押。苏轼《哨遍·春词》：“睡起画堂，银蒜押帘，珠幕云垂地。”

⑤玉钗敲竹：用玉钗轻轻敲竹，表示心事难耐，借以排遣愁怀。唐高适《听张立本女吟》：“自把玉簪敲砌竹，清歌一曲月如霜。”

【译文】

是谁传来了消息，说待到秋天木芙蓉花开的时候他便回来。两行大雁飞在浩渺的高天之上，晚秋的风景分外凄凉。　　蒜形押帘压着窗帘，用玉钗敲打着竹子，情人却杳无音信。菊花绽放，快要到重阳节了。

浣溪沙（雨歇梧桐泪乍收）

雨歇梧桐泪乍收①，遣怀翻②自忆从头。摘花销恨旧风流③。帘影碧桃④人已去，屧痕苍藓径空留⑤。两眉⑥何处月如钩？

【注释】

①“雨歇”句：此言秋雨停了，梧桐树叶不再滴雨，好像是停止了它滴滴的眼泪。

②翻：同“反”。

③“摘花”句：意思是当初曾与她有过美好的风流的往事。杜甫《佳人》：“摘花不插发，采柏动盈掬。”

④碧桃：桃树的一种。花瓣重，不结实，供观赏和药用。一名千叶桃。

⑤“屧痕”句：此言长满苍藓的小径上，她那娇小的鞋痕犹在，可是人却不知何处去了。屧痕，即鞋痕。

⑥两眉：代指所思恋之人。

【译文】

秋雨停了，梧桐树叶不再滴雨，好像是停止了它滴滴的眼泪。重新反复回忆，释放自己的情怀。想当初曾与思念之人有过美好的风流往事。　美丽的身影、如桃花般的面容，可是人却不知何处去了。只空空留下那娇小的鞋痕在长满苍藓的小径上。思恋之人在何处，只有孤单的如钩明月。

浣溪沙（谁道飘零不可怜）

西郊冯氏园[①]看海棠，因忆《香严词》[②]有感。

谁道飘零[③]不可怜，旧游[④]时节好花天，断肠人[⑤]去自今年。
一片晕红[⑥]疑著雨，晚风吹掠鬓云偏。倩魂[⑦]销尽夕阳前。

【注释】

①西郊冯氏园：明万历时大珰冯保之园，旧址位于今北京广安门外小屯。园主人冯氏园艺精湛，使得此园曾名极一时。龚鼎孳在京师时曾多次到该处看海棠。

②《香严词》：清初龚鼎孳词集《香严词存稿》的简称。

③飘零：飘落零散。

④旧游：昔日之游。

⑤断肠人：形容伤心悲痛到极点的人。

⑥晕红：形容海棠花的色泽。

⑦倩魂：指少女美好的心魂。典出陈玄佑《离魂记》里倩娘离魂的故事。

【译文】

谁说花儿凋零不令人生起怜爱之情呢？当年同游之时正是春花竞放的美好时光。而今友人已去，空余自己独身一人。　　眼前一片红花刚刚被春雨打湿花瓣，丝丝嫩柳在烟霭中随风摇曳。夕阳落照前的美景令少女为之梦断魂销。

◎ **创作背后的故事**

这首词为纳兰性德在园中观赏海棠时，面对海棠零落的场景，有感而作。龚鼎孳在康熙十二年（1673）曾任会试主考官，词人正出其门下，是年秋，龚氏卒去；一些观点认为此词作者在总体风格上大体效仿龚氏，是为抒其悼怀龚氏之意。

浣溪沙（酒醒香销愁不胜）

酒醒香销愁不胜，如何更向落花行。去年高摘斗轻盈。　　夜雨几番销瘦了，繁华[①]如梦总无凭[②]。人间何处问多情。

【注释】

①繁华：二字既是实指繁茂之花事，亦可理解为繁盛事业之象征。意谓繁华如梦一样消逝了去，不可依托。

②无凭：无所倚仗、不可依托。杜甫《赠特进汝阳王二是韵》：“圣情常有眷，朝退若无凭。”

【译文】

一夜酒醒之后却发现花儿已经凋零，只剩下花瓣残留，回忆起这些花儿仍在枝头绽放时的美丽容颜，谁能料到眼前这番颓败之景？如何能迈步再去赏花，如何舍得踏上这娇嫩的身躯？　　花儿已经凋零，逝去的美好不再复返。伊人如画美如梅。当时只道是寻常，而今阴阳相隔，只能花下落泪，睹物思人，争教两处销魂。

浣溪沙（欲问江梅瘦几分）

欲问江梅[①]瘦几分，只看愁损[②]翠罗裙[③]。麝篝[④]衾冷惜余熏[⑤]。
可耐暮寒长倚竹[⑥]，便教[⑦]春好不开门。枇杷花下校书人[⑧]。

【注释】

①江梅：江边的梅树。

②愁损：忧伤。因愁情而使人消瘦。

③翠罗裙：绿色的丝裙。

④麝篝：燃烧麝香的熏笼。

⑤余熏：麝香燃后的余热。

⑥“可耐句”：可耐，同“可奈”，无可奈何。杜甫《佳人》诗：“天寒翠袖薄，日暮倚修竹。”

⑦便教：即便是，纵然是。

⑧校书人：唐王建《寄蜀中薛涛校书》诗：“万里桥边女校书，枇杷花里闭门居。”薛涛是唐代名妓，能诗，故后世称能诗文的妓女为女校书。这里借指花下读书人。

【译文】

梅花一样消瘦的女子，独伫在汀边。她身上绿色的丝裙被愁绪折磨得宽松了几分。熏笼的麝香已燃尽，被子渐渐凉了下来，那一点余温让人怜惜。　　她在这寒冷的夜里久久地倚着竹子，即便春光好，也不愿走出门外。只在枇杷树下，静静写诗填词而已。

浣溪沙（抛却无端恨转长）

抛却无端恨转长，慈云稽首返生香①。妙莲花说②试推详。

但是有情皆满愿，更从何处著思量。篆烟残烛并回肠。

【注释】

①“抛却”二句：谓想丢去无端的烦恼，却转而幽恨更长了，唯在慈云寺祈祝返回之后，才觉香气四射，神清气爽了。抛却，丢弃。稽首，叩头至地，为古代最恭敬的跪拜礼。

②妙莲花说：谓佛门妙法。莲花，亦作“莲华”，喻佛门之妙法。明李贽《观音问》：“若无国土，则阿弥陀佛为假名，莲华为假相，接引为假说。”

【译文】

想丢去无端的烦恼，却转而幽恨更长了，唯在慈云寺祈祝返回之后，才觉香气四射，神清气爽了。试着理解佛门妙法。　　当人的某种欲望得不到满足，或某种烦恼得不到排遣之时，求助于神明，得到一种解脱。

浣溪沙（一半残阳下小楼）

一半残阳下小楼，朱帘斜控[1]软金钩。倚阑无绪不能愁[2]。有个盈盈[3]骑马过，薄妆浅黛亦风流。见人羞涩却回头。

【注释】

①斜控：斜斜地垂挂。控，下垂、弯曲貌。

②“倚阑”句：意谓倚靠着阑干，心绪无聊，又不能控制心中的忧愁。

③盈盈：谓仪态美好。此处代指仪态美好之人。

【译文】

黄昏时分，你登上狭窄的小楼。珠帘斜斜地垂挂。你就这样静静地伫立。倚靠着阑干，心绪无聊，又不能控制心中的忧愁。　　你骑一匹小马出城。怀中的兰佩玉质温软，如满月的光辉。他看你时，你也想看他。但是，你却莞尔回头。

浣溪沙（睡起惺忪强自支）

睡起惺忪[1]强自支，绿倾蝉鬓[2]下帘时，夜来愁损[3]小腰肢。

远信[4]不归空伫望[5]，幽期[6]细数却参差[7]。更兼何事耐寻思？

【注释】

①惺忪：清醒之意。形容刚睡醒，尚未完全清醒的状态。

②蝉鬓：古代妇女的一种发式。绿倾蝉鬓，谓乌黑发亮的秀发覆盖下来。

③愁损：过度之愁而令身体受损。

④远信：远方的书信、消息。

⑤伫望：久立而远望，这里指等候、盼望。

⑥幽期：指男女之间幽会。

⑦参差：依约、仿佛，意谓不甚分明。

【译文】

刚刚睡醒，两眼尚惺忪，强支撑着瘦弱的身体起来。乌黑发亮的秀发覆盖下来。一夜愁苦，这无尽的愁苦使单薄的身体更加消瘦了。　　远方的消息许久没有传来了，又是一场独倚高楼空伫望。怀想曾经的约会，恍若隔世。但如此心绪烦乱，还有什么事能让人来想。

浣溪沙（五月江南麦已稀）

五月江南麦已稀，黄梅时节雨霏微[1]。闲看燕子教雏飞。

一水浓阴如罨画[2]，数峰无恙又晴晖。湔裙谁独上渔矶。

【注释】

①“黄梅”句：谓初夏梅子黄熟时节，梅雨迷蒙，到处是一片朦胧的景象。韩愈《喜雪献裴尚书》：“浩荡乾坤合，霏微风象移。”霏微，谓景象朦胧。

②罨画：色彩杂饰之图画，常用以形容自然山水美丽如画。

③“湔裙”句：谓斜晖落照水边，矶岸上洗衣女郎的倩影历历，优美动人。湔裙，古代风俗，谓女子妊娠后，欲产子易，则于产前到河边洗裙。这里借指水边的女子。又指溅裙，指水溅湿了衣裙，亦借指水边的美丽女子。矶，水边石滩或突出的大石。

【译文】

江南五月，麦穗已经稀落。夏梅子黄熟时节，梅雨迷蒙，到处是一片朦胧的景象。成年的燕子在教乳燕学习飞翔。　堤岸上绿荫深浓，自然山水美丽如画，几座山峰泛着清爽的翠色，矶岸上洗衣女郎的倩影历历，优美动人。

浣溪沙（残雪凝辉冷画屏）

残雪凝辉冷画屏[①]。《落梅》[②]横笛已三更。更无人处月胧明[③]。 我是人间惆怅客，知君何事泪纵横。断肠声里忆平生。

【注释】

①画屏：绘有彩画的屏风。

②落梅：古代羌族乐曲名，又名《梅花落》，以横笛吹奏。

③月胧明：指月色朦胧，不甚分明。

【译文】

残雪凝辉让温暖的画屏变得冰冷。梅花随凉风飘落，忧伤的笛声传来，已是寂寞黄昏。深夜想起了往事，月色于无人处也好像朦胧起来。 我是世间哀愁的过客，身世凄凉。为何我知道你的故事后泪流满面？痛彻心扉地哭泣，在断肠声里，回忆自己凄凉的一生。

浣溪沙·咏五更，和湘真[①]韵

（微晕娇花湿欲流）

微晕娇花[②]湿欲流，簟纹灯影一生愁。梦回疑在远山楼。

残月暗窥金屈戍[③]，软风徐荡玉帘钩。待听邻女唤梳头。

【注释】

①湘真：即陈子龙。陈子龙（1608—1647），字人中、卧子，号大樽、轶符，松江华亭（今上海松江）人。明末几社领袖，抗清被缚，不屈而投水殉难。有《湘真阁存稿》一卷。本篇作者所和之词是陈子龙的《浣溪沙·五更》，陈词为："半枕轻寒泪暗流，愁时如梦梦时愁。角声初到小红楼。风动残灯摇绣幕，花笼微月淡帘钩，陡然旧恨上心头。"

②微晕娇花：谓天色刚明，隐约地露出了花朵的美丽形貌。

③金屈戍：屈戍，亦作"屈戌"。门或窗上的铜

制环钮、搭扣。此处代指闺房。

【译文】

娇花带雨，俏丽的颜色好像化在水中流淌，苇席上、灯影里，藏着一生的愁绪。梦醒后，好像自己还在梦中站在楼头等待。　　残月暗自映照在闺房，柔风缓慢摇动窗上的帘钩，无法入睡，只有等待天明，邻家的女孩来唤自己一同梳妆。

浣溪沙（五字诗中目乍成）

五字诗中目乍成[①]，尽教残福[②]折书生。手挼[③]裙带那时情。

别后心期和梦杳，年来憔悴与愁并。夕阳依旧小窗明。

【注释】

①“五字”句：五字诗，即五言诗。目乍成，即乍目成，刚刚通过眉目传情而结为亲好。《楚辞·七歌·少司命》：“满堂兮美人，忽独与余兮目成。”朱熹集注：“言美人并会，盈满于堂，而司命独与我睨而相视，以成亲好。”

②残福：谓所余之薄福，可引申为短暂的幸福。

③挼（ruó）：揉搓。

【译文】

刚刚通过眉目传情而结为亲好，那短暂的幸福岂是我能够承受得起的。还记得她那充满情意，低头摆弄裙带的羞涩模样。　　分别之后无缘相见，我的愁绪随着时间的流逝而与日俱增。那轮夕阳仍在小窗之外，体会不到我的心事。

浣溪沙（记绾长条欲别难）

记绾[①]长条欲别难，盈盈自此隔银湾[②]。便无风雪也摧残。

青雀[③]几时裁锦字，玉虫[④]连夜剪春旛。不禁[⑤]辛苦况相关。

【注释】

①记绾：一说作“折得”。

②银湾：即银河。

③青雀：即青鸟，神话传说中西王母之信使。《艺文类聚》卷九一引旧题班固《汉武故事》：“七月七日，上于承华殿斋，正中，忽有一青鸟从西方来，集殿前。上问东方朔，朔曰：‘此西王母欲来也。’有顷，王母至，有二青鸟如乌，侠侍王母旁。”

④玉虫：比喻灯火。宋陆游《燕堂东偏一室夜读书期间戏作》：“油减玉虫暗，灰深红兽低。”

⑤不禁：一作“愁他”；一作“梦相关”。

【译文】

想起昔日送别时你我折下的那一枝枝柳条，甜蜜温馨难舍难分，而如今已是天涯相望，即使没有风雪催逼，这样的时光也依然令人难耐。 日日期盼音信的到来，分开已经将近一年，你应该正在灯下剪裁春旛吧。离别之苦令人仿佛经受不住，忧伤萦满胸怀。

浣溪沙（身向云山那畔行）

身向云山那畔[1]行。北风吹断[2]马嘶声。深秋远塞[3]若为情[4]。一抹晚烟荒戍垒[5]，半竿斜日旧关城。古今幽恨[6]几时平。

【注释】

①那畔：那边。

②吹断：谓北风的吼声使马嘶声也听不到了。

③远塞：边塞。

④若为情：若，怎。若为，怎为之意。此处意谓面对如此深秋野塞又是怎样的情怀呢！宋晏几道《南乡子》："柳外行人回首处，迢迢，若比银河路更遥。"又，宋毛滂《小重山》："江山雄胜为公倾，公惜醉，风月若为情。"

⑤荒戍垒：荒凉萧瑟的营垒。戍，保卫。

⑥幽恨：深藏于心中的怨恨。

【译文】

我向着那高耸入云的方向前进。北风呼啸，淹没了战马的嘶鸣声。深秋的边塞，使人不禁情伤。　　一抹晚烟袅袅升起，在这边地的城堡上显得尤其荒凉。夕阳西下，斜斜地照射在山海关城头的旗杆上。古往今来胸中的怨恨何时能平。

◎ **创作背后的故事**

康熙二十一年（1682）八月，纳兰受命与副都统郎谈等出使梭龙打虎山，十二月还京。此篇大约作于此行中。

浣溪沙（万里阴山万里沙）

万里阴山[1]万里沙。谁将绿鬓斗霜华[2]。年来强半[3]在天涯。
魂梦不离金屈戌[4]，画图亲展玉鸦叉[5]。生怜瘦减一分花[6]。

【注释】

①阴山：今河套以北，大漠以南诸山的统称。《史记·秦始皇纪》："自榆中并河以东，属之阴山。"王昌龄《出塞》："但使龙城飞将在，不教胡马度阴山。"

②"谁将"句：绿鬓，谓乌黑发亮的头发。古人常借绿、翠等形容头发的颜色。斗，斗取，即对着。霜华，谓白发。《四时子夜歌·冬歌》："感时为欢久，白发绿鬓生。"此句是说，是谁使乌黑的头发变成了白色。

③强半：大半、过半。杜牧《池州贵池亭》："蜀江雪浪西江满，强半春寒去却来。"

④金屈戌（xū）：屈戌，门窗上的环钮、搭扣。

此谓金饰（即铜制）脚屈戌，代指梦中思念的家园。明陶宗仪《辍耕录·屈戌》：“今人家窗户设铰具，或铁或铜，名曰环纽，即古金铺之遗意，北方谓之屈戌，其称甚古。”李商隐《骄儿》：“凝走弄香奁，拔脱金屈戌”，屈戌又作“屈戍”。

⑤玉鸦叉：即玉丫叉。丫叉，本为树枝分叉之处，后泛指交叉形象的首饰。这里“玉鸦叉”是借指闺里人之容貌。李商隐《病中闻河东公乐营置酒口占寄上》：“锁门金了鸟，展幛玉鸦叉。”

⑥“生怜”句：谓看着画图上她那消瘦的身影而生起怜惜之情。生怜，可怜。

【译文】

胡马难度的阴山，大漠孤烟直，长河落日圆。是谁使乌黑的头发变成了白色。岁岁年年，望见的是连绵千万里的黄沙。　　魂牵梦绕中，将她翩翩的像打开。一遍遍回想她的容貌。看着画图上她那消瘦的身影而生起怜惜之情。

◎ **创作背后的故事**

康熙二十一年（1682）八月，纳兰与郎谈出使梭龙，同年十二月返京。纳兰于塞上观凄凉之景，想起家中妻子与自己的政治理想。

浣溪沙（凤髻抛残秋草生）

凤髻抛残①秋草生，高梧湿月②冷无声。当时七夕有深盟。

信得羽衣传钿合，悔教罗袜葬倾城③。人间空唱《雨霖铃》。

【注释】

①凤髻抛残：谓凤髻散乱。比喻爱妻逝去，掩埋了。凤髻，古代女子的一种发型。唐宇文氏《妆台记》载："周文王于髻上加珠翠翘花，傅之铅粉，其髻高名曰凤髻。"此处借指亡妻。

②湿月：湿润之月。形容月亮给人以湿润的感觉。

③"信得"二句：意谓原来相信仙人可以传递亡妻的信物，但后悔的是她的遗物都与她一同埋葬了。羽衣，原指鸟羽毛所织之衣，后指道士或神仙所着之衣，此处借指神仙。钿合，镶有金、银、玉、贝等之首饰盒。古代常以之作为表示爱情的信物。白居易《长恨歌》："唯将旧物表深情，钿合金钗寄将去。"罗袜，丝罗织成之袜。此处代指亡妻的遗物。

倾城，美女之代称，语出《汉书·外戚传上·李夫人》。这里代指亡妻。

【译文】

枯黄的秋草，掩盖着她小小寂寞的坟。梧桐有多高，月亮有多远，她有多么沉默。还记得在七夕的誓言。　　原来相信仙人可以传递信物，但后悔的是她的遗物都与她一同埋葬了。再唱一千遍，那首古老的歌。

浣溪沙（肠断斑骓去未还）

肠断斑骓去未还，绣屏深锁凤箫寒[①]。一春幽梦有无间。

逗雨疏花浓淡改，关心芳草浅深难[②]。不成风月转摧残[③]。

【注释】

①“肠断”二句：斑骓，指毛色青白相间的骏马。此处借指征人。二句意谓丈夫远行在外，迟迟不归，相思令人肠断，闺中寂寞难耐，绣屏紧锁，凤箫也闲置起来不再吹奏了。

②“逗雨”二句：谓春雨洒在了稀疏的花上，花色改变了浓淡的颜色。令人伤情的芳草也浅深难辨。

③“不成”句：不成，犹难道。风月，春日的风光，此处喻为男女间情爱之事。前蜀韦庄《多情》：“一生风月供惆怅，到处烟花恨别离。”

【译文】

丈夫远行在外，迟迟不归，相思令人肠断，闺中寂寞难耐，绣屏紧锁，凤箫也闲置起来不再吹奏了。有的仅是一春幽梦，倾国倾城。　　春雨洒在了稀疏的花上，花色改变了浓淡的颜色。令人伤情的芳草也浅深难辨。东风来时，三月的柳絮满天飞舞。

浣溪沙（旋拂轻容写洛神）

旋拂轻容写洛神[①]，须知[②]浅笑[③]是深颦。十分天与可怜[④]春。

掩抑薄寒施软障，抱持纤影藉芳茵[⑤]。未能无意下香尘[⑥]。

【注释】

①“旋拂”句：轻容，薄纱名。洛神，传说中的洛水女神，名宓妃。北魏郦道元《水经注·洛水》：“昔王子晋好吹凤笙，招延道士，与浮丘同游伊洛之浦，含始又受玉鸡之瑞于此水，亦洛神宓妃之所在也。”古代诗文中常以洛神代指美女。此句是说频频地拂拭绢纸为她画像。

②须知：必须知道，应该知道。

③浅笑：犹微笑。

④可怜：可爱。

⑤“掩抑”二句：意谓怕画中的她衣着太单薄而寒冷，就加上了屏障，又将她的身影措置在华美芳香的褥垫上。薄寒，微寒、轻寒。软障，嶂子，古代

用作画轴，此处借指屏障。纤影，谓清瘦的身影。芳茵，华美芳香之褥垫。

⑥香尘：本为佛语，后亦借指女子步履而起的芳香之尘。晋王嘉《拾遗记·晋时事》：“（石崇）又屑沉水之香如尘末，布象床上，使所爱者践之。”宋柳永《柳初新》：“遍九陌、相将游冶，骤香尘、宝鞍骄马。”

【译文】

频频地拂拭绢纸为她画像，洛神一样绝美的女子。应该知道她的酒窝，要醉倒十坛美酒。她的可爱就是微风一缕，细雨一丝。　　怕画中的她衣着太单薄而寒冷，就加上了屏障，又将她的身影措置在华美芳香的褥垫上。未能描绘出步履而起的芳香之尘。

浣溪沙（十二红帘窣地深）

十二红帘窣地深，才移刬袜又沉吟[①]。晚晴天气惜轻阴[②]。
珠衱佩囊三合字[③]，宝钗拢髻两分心[④]。定缘何事湿兰襟[⑤]。

【注释】

①“十二”二句：谓绣织有太平鸟的红色帘幕垂挂在地上，刚刚移动了脚步又迟疑起来。十二红，太平鸟之别称。明杨基《十二红图》：“何处飞来十二红，万年枝上立东风。”窣（sū），下垂貌。刬（chǎn）袜，只穿着袜子行走。李煜《菩萨蛮·花明月暗笼轻雾》：“刬袜步香阶，手提金缕鞋。”

②轻阴：疏淡的树荫。唐李商隐《题小松》：“怜君孤秀植庭中，细叶轻阴满座风。”

③“珠衱（jié）”句：缀有珠玉的裙带上佩戴着香囊，正切中了“三合”之吉日字。三合字，古代阴阳家以十二地支配金、木、水、火，取生、旺、墓三者以合局，谓之“三合”，据此选择吉日良辰。

④“宝钗”句：谓宝钗将发髻拢起，好像分开的两个心字。

⑤“定缘”句：意谓你我已是前定的姻缘，又为何事而伤心落泪呢。兰襟，泛有芬芳之气味的衣襟。

【译文】

绣织有太平鸟的红色帘幕垂挂在地上，刚刚移动了脚步又迟疑起来。夕阳照在疏淡的树荫。　　缀有珠玉的裙带上佩戴着香囊，正切中了“三合”之吉日字。宝钗将发髻拢起，好像分开的两个心字。你我已是前定的姻缘，又为何事而伤心落泪呢。

浣溪沙（容易浓香近画屏）

容易浓香近画屏①，繁枝影着半窗横。风波②狭路③倍怜卿。
未接语言犹怅望，才通商略④已懵腾⑤。只嫌今夜月偏明。

【注释】

①画屏：绘有彩画之屏风。

②风波：比喻纠纷或乱子。

③狭路：窄小的路。

④商略：原为商讨之意，此处谓交谈。

⑤懵腾：迷糊、陶醉。唐韩偓《马上见》：“去带懵腾醉，归成困顿眠。”

【译文】

一阵浓郁的香气引我走近画屏，才发现繁茂的花枝将影子投上了窗棂，这时候不由得想起你来，在这复杂的世间，更觉得你的可贵。　　你终于到来，我们先默默地深情对望，一说话便情意绵长，只是这月亮明亮得刺眼。

浣溪沙（十八年来堕世间）

十八年来堕世间[①]，吹花嚼蕊弄冰弦[②]。多情情寄阿谁[③]边。

紫玉钗斜灯影背[④]，红绵粉冷枕函偏。相看好处却无言。

【注释】

①“十八年”句：李商隐《曼倩辞》“十八年来堕世间，瑶池归梦碧桃闲。”

②冰弦：琴弦。据《太真外传》，拘弥国琵琶弦，为冰蚕丝所制。

③阿谁：谁，这里指自己。

④“紫玉”句：紫玉钗，词出蒋防《霍小玉传》。灯影背，汤显祖《紫钗记》：“烛花无赖，背银缸、暗擘瑶钗。”

【译文】

她像是从仙境坠入人间的，因而不沾一点烟火气。她无忧无虑地吹奏曲子、弹拨琴弦，不知道她的一颗心寄托在谁身上。　　看她熟睡的模样，枕头歪斜着，白天用过的紫玉钗在灯影里斜歪着，梳妆用的粉扑早已抛在一边。我在旁边欣赏她，感觉再美的语言也无法表现。

浣溪沙（欲寄愁心朔雁边）

欲寄愁心朔雁边[①]，西风浊酒[②]惨离颜[③]。黄花时节碧云天。古戍烽烟迷斥堠[④]，夕阳村落解鞍鞯[⑤]。不知征战几人还。

【注释】

①朔雁边：谓北方边陲飞朔雁，北方边地的大雁。

②浊酒：用糯米、黄米等酿制的酒，较浑浊。

③惨离颜：谓离别的筵宴上忧愁凄苦之形貌。

④“古戍”句：古戍，指古代将士守边之处，筑有城堡、营垒、烽火台等。宋韩琦《过故关》：“古戍余荒堞，新耕入乱山。”斥堠，放哨，此处代指边关哨所。

⑤解鞍鞯：谓卸去行装以驻扎安营。

【译文】

在边塞送客。离别的筵席上忧愁凄苦，你始终无法做到红尘一笑。　　故人走了。留下一股烽烟，一片夕阳，一个城楼，一件马鞍。有人说，守着它们一生的人，不知道有几个可以生还。

浣溪沙（败叶填溪水已冰）

败叶填溪水已冰，夕阳犹照短长亭[①]。何年废寺失题名[②]。

倚马[③]客临碑上字，斗鸡人[④]拨佛前灯。劳劳尘世几时醒。

【注释】

①短长亭：短亭和长亭的并称。

②“何年”句：谓已荒废之古寺，其寺名亦不可知了。

③倚马：靠在马身上。

④斗鸡人：斗鸡本为一种游戏，战国时即已存在。《史记·苏秦列传》：“临淄甚富而实，其民无不吹竽鼓瑟，击筑弹琴，斗鸡走犬，六博蹋踘者。”此处“斗鸡人”与前“倚马客”对举，谓到此寺中之人已非往日的善男信女，而是前来闲游的过客，或是贵族豪门的公子哥儿们。

【译文】

干枯凋落的树叶堆积在溪上，水已结冰。黄昏时分，夕阳的余晖依然照着长亭短亭。来到一座废寺前，寺的门额上已经看不清寺名。　　闲游的过客驻马临摹碑上之字，富家子弟拨弄佛前灯芯。尘世辛劳的凡人几时醒悟。

浣溪沙（锦样年华水样流）

锦样年华[①]水样流，鲛珠[②]迸落[③]更难收。病余常是怯梳头[④]。

一径绿云[⑤]修竹[⑥]怨，半窗红日落花愁。愔愔[⑦]只是下帘钩。

【注释】

①锦样年华：谓锦绣一般的年华。此处指青春年华。

②鲛珠：原指鲛人之泪化作了珍珠，此处比喻为泪珠。宋刘辰翁《宝鼎现·丁酉元夕》："灯前拥髻，暗滴鲛珠坠。"

③迸落：散落。

④怯梳头：病起多脱发，栉则顺梳而下。怯，谓畏见落发。

⑤绿云：如云般繁茂的绿色枝叶。宋张镃《念奴娇·宜雨亭咏千叶海棠》："绿云影里，把明霞织就，千重文绣。"

⑥修竹：细长的竹子。

⑦愔愔（yīn）：幽深、消寂的样子。一说柔弱忧郁的样子。沈辽《读书》诗：“病骨愔愔百不知，不应投老更看书。”

【译文】

青春年华像流水一样地逝去了，回忆起过去就会伤心难过，泪水停不住。病愈之后体弱憔悴，于是常常害怕对镜梳头，怕看到头发掉落。　　窗外小径上绿竹枝叶繁茂却满含怨尤，窗边洒入的落日余晖映照着落花，更生出许多愁怨。消寂的样子，只得放下卷帘，悄悄地独处深闺了。

浣溪沙（肯把离情容易看）

肯把离情容易看，要从容易见艰难。难抛往事一般般[①]。

今夜灯前形共影，枕函虚置翠衾[②]单。更无人与共春寒[③]。

【注释】

①一般般：一件件、一样样。唐方干《海石榴》："亭际夭妍日日看，每朝颜色一般般。"

②翠衾：即翠被。

③春寒：春季寒冷的气候。

【译文】

只有离愁别绪最让人难以释怀，想看淡一些，却终于无法做到，每一件往事都缠着我不肯离去。　　今夜灯前只有形影相吊，无法入睡，枕头和薄被都闲置一边，一个人忍受这难耐的春寒。

浣溪沙（已惯天涯莫浪愁）

已惯天涯莫浪愁①，寒云衰草渐成秋。漫②因睡起又登楼。

伴我萧萧③惟代马，笑人寂寂④有牵牛。劳人⑤只合一生休。

【注释】

①浪愁：空愁，无谓地忧愁。

②漫：副词，莫、不要。

③萧萧：形容马嘶鸣声。

④寂寂：形容寂静。

⑤劳人：忧伤之人。《诗经·小雅·巷伯》："骄人好好，劳人草草。苍天苍天，视彼骄人，矜此劳人。"高诱《淮南子》注："劳，忧也。""劳人"即忧人也。

【译文】

已经习惯了天涯路远的奔波，没必要再添加无谓地忧愁，天又冷了，草又衰了，又是一年秋天来临。不要因为醒来的满心愁绪而又去登楼远眺。　　一生劳碌，陪伴我的只有胡地的老马，就连天上一年才能相聚一次的牛郎也在笑话我的形单影只。忧劳之人只求走完自己的一生才能好好休息。

◎ **创作背后的故事**

本词作于七夕，其时词人身处牧场，有感于分离而作。康熙十九年（1680）前后，纳兰由司传宣改经营内厩马匹，常至昌平、延庆、怀柔、古北口等地督牧。姜宸英《纳兰君墓表》：“尝司天闲牧政，马大蕃息。侍上西苑，上仓促有所指挥，君奋身为僚友先。上叹曰：‘此富贵家儿，乃能尔耶！’”故此当作于康熙十九年（1680）后，写自己奔波牧场，长久与家人分离，满眼秋色，不胜劳苦，似乎连牵牛郎都比不上。因为即使是牵牛郎，也得以在这一天和织女相会。

浣溪沙·古北口①（杨柳千条送马蹄）

杨柳千条送马蹄，北来征雁旧南飞。客中谁与换春衣②。

终古③闲情归落照④，一春幽梦⑤逐游丝⑥。信回刚道别多时。

【注释】

①古北口：长城的重要关口，地势险峻，在今北京密云县境，为北京与东北往来的必经之路。

②春衣：春季穿的衣服。

③终古：往昔，自古以来。

④落照：落日之光。杜牧《洛阳长句》：“桥横落照虹堪画，树锁千门鸟自还。”

⑤幽梦：隐约的梦境。

⑥游丝：飘动着的蛛丝。晏殊《蝶恋花》：“满眼游丝兼落絮，红杏开时，一霎清明雨。”

【译文】

去年南飞的大雁春天都回北方老家了，我们却不能回家，在外无人照料。　　自古以来，落日之光充满闲情，春天隐约的梦境如同飘动着的蛛丝。思念家园、思念闺中人。

浣溪沙·寄严荪友[1]（藕荡桥边理钓筒）

藕荡桥[2]边理钓筒[3]，苎萝[4]西去五湖[5]东，笔床[6]茶灶[7]太从容[8]。　　况有短墙银杏雨，更兼高阁玉兰风。画眉[9]闲了画芙蓉[10]。

【注释】

①严荪（sūn）友：即严绳孙。严绳孙（1623—1702），号藕渔，又号藕荡渔人，江南无锡（今属江苏）人。康熙十八年被授翰林院检讨，参与编修《明史》，迁右中允，又不久即告别官宦，回归故里，闭门不出，以书画著述终老。著有《秋水集》，小令特佳，清逸幽婉而时见冷隽藏锋。

②藕（ǒu）荡（dàng）桥：严荪友无锡西洋溪宅第附近之桥，荪友以此而自号藕荡渔人。

③钓筒（tōng）：插在水里捕鱼的竹器。

④苎（zhù）萝：苎萝山，在浙江省诸暨市南，传说西施就住在这座山下。

⑤五湖：指太湖一带的水面，传说范蠡辅佐越王

勾践灭吴之后，携西施泛舟五湖，悄然而去。

⑥笔床：卧置毛笔的器具。

⑦茶灶：烹茶的小炉灶。

⑧从容：镇定不慌张。

⑨画眉：指汉张敞为妻子画眉之故事，喻夫妻和美。

⑩芙蓉：指严氏故乡无锡的芙蓉湖（在无锡西北，又名射贵湖、无锡湖）。

【译文】

夏日藕荡桥边的荷叶，用丝丝的绿萍问候湖水。挥一挥左手，苎萝山从西边归来；挥一挥右手，太湖在东边流淌。有一支笔，就可以闯入许多唐朝诗人的句子里。有茶灶，可以采撷几片宋词，煮成清茶一杯。

居处更饶安闲之景，短墙银杏，高阁玉兰，历雨经风更加风流。家庭生活和谐，夫妻和美。

◎ **创作背后的故事**

词人与严绳孙是莫逆之交，词风几近。本篇大约作于康熙十六年，是严氏归隐江南后，词人寄赠，二人深厚的感情可见一斑。

浣溪沙·大觉寺（燕垒空梁画壁寒）

燕垒空梁画壁寒，诸天花雨散幽关[①]。篆香清梵有无间[②]。

蛱蝶乍从帘影度，樱桃半是鸟衔残。此时相对一忘言[③]。

【注释】

①“燕垒”二句：意谓大觉寺已荒凉残破，而在这幽闭的关隘之地，众高僧们竟做出了颂扬佛法的无量功德。燕垒，燕巢。画壁，绘有图画的墙壁。诸天，佛家语，指护法天神。佛经谓欲界有六天，色界之四禅有十八天，无色界之四处有四天，其他尚有日天、月天、韦驮天等诸天神，总称之为诸天。花雨，佛家语，谓神界众仙为赞叹佛说法之功德而散花如雨。《仁王经·序品》：“时无色界雨诸香华，香如须弥，华如车轮。”后用为赞扬高僧颂扬佛法之词。幽关，深幽之关隘、紧闭之关门。

②“篆香”句：意谓淡淡的香烟与清幽的诵经声隐隐约约，似有若无。

③忘言：即心领神会，不须用语言表达。

【译文】

大觉寺已荒凉残破，而在这幽闭的关隘之地，众高僧们竟做出了颂扬佛法的无量功德，淡淡的香烟与清幽的诵经声隐隐约约，似有若无。　　心仍旧像是那颗残缺的樱桃，另一半却是被多情的鸟儿无情地衔走，只剩下相对的无言。纳兰词的美，被一个残缺的樱桃所带出，美得那么让人心碎，美得让人垂怜。

浣溪沙·小兀喇[1]（桦屋鱼衣柳作城）

桦屋鱼衣柳作城[2]，蛟龙鳞动浪花腥，飞扬应逐海东青[3]。犹记当年军垒迹，不知何处梵钟声[4]，莫将兴废[5]话分明。

【注释】

①兀喇：亦作乌喇，即今吉林省吉林市。又有大、小兀喇之分，大兀喇为今吉林市之乌拉街；小兀喇未详其址，大约亦在附近。

②“桦屋”句：我国东北地区赫哲族人（原为女真连之支裔），居吉林松花江，生活极为质朴。此句云，他们以桦木建构屋宇，鱼皮为弓箭袋，扦插柳木作为城围。

③海东青：鸟名，亦称海青，雕的一种，性凶猛，产于黑龙江下游一带之海岛上。北方民族极重视调养此禽，为狩猎之用。金代特设“鹰坊”豢养。庄季裕《鸡肋篇下》：“鸳鸟来自海东，唯青鸡最佳，故号海东青。”

④梵钟声：僧人诵经时敲击之钟声。

⑤兴废：盛衰，兴亡。

【译文】

在小兀喇那个地方，他们以桦木建构屋宇，鱼皮为弓箭袋，扦插柳木作为城围。那里的河水中仿佛有蛟龙游动，在泛着腥气浪花的河面上，有龙鳞一般的光辉。那里的人们喜欢驯养用来追捕猎物的海东青。 让人想起当年战争的旧日营垒，如今飘荡着寺院的钟声。一切都是过眼云烟，不必细辨孰是孰非。

浣溪沙·姜女祠（海色残阳影断霓）

海色残阳影断霓，寒涛日夜女郎祠。翠钿尘网上蛛丝。　澄海楼[①]高空极目，望夫石在且留题。六王如梦祖龙非。

【注释】

①澄海楼：楼名。在河北临榆县南宁海城上，明兵部主事王致中建。

【译文】

大海沐浴着夕阳余晖。冰冷的海涛日夜拍打着姜女祠下的岩石。孟姜女的雕像已经挂满了蛛丝与灰尘。

登上澄海楼远眺，望夫石至今犹在，且题诗一首。想那六国在时空里皆成虚空，他们的胜败又有多少意义。

浣溪沙·庚申除夜[1]（收取闲心冷处浓）

收取闲心冷处浓，舞裙犹忆柘枝红[2]。谁家刻烛待春风[3]？
竹叶樽空翻彩燕，九枝灯灺颤金虫[4]。风流端合倚天公[5]。

【注释】

①庚申除夜：即康熙十九年（1680）除夜。

②“收取”二句：柘枝，即柘枝舞。此舞唐代由西域传入内地，初为独舞，后演化为双人舞，宋时发展为多人舞。此二句谓把寒冷除夜里浓郁的闲情收起，那优美的柘枝舞是多么令人追忆怀恋的啊。

③“谁家”句：谓当年自家于此除夜曾刻烛静待新春的到来。谁家，哪一家，此处指自家。刻烛，在蜡烛上刻度数，点燃时以计时间。

④“竹叶”二句：意谓竹叶青酒喝尽了，人人头饰彩燕，个个兴高采烈，灯烛熄了，那灯芯仿佛是一条条颤动的金虫。竹叶，指竹叶酒。彩燕，旧俗于立春时剪彩绸为燕子形，饰于头上。九枝灯，一干九枝

的烛灯。灺（xiè），熄灭。

⑤“风流”句：端合，应该、应当。倚天公，依靠老天爷。此谓风流应是自然天成，非人力能所为。

【译文】

寒冷除夜里浓郁的闲情收起，那优美的柘枝舞是多么令人追忆怀恋啊。当年自家于此除夜曾刻烛静待新春的到来。　　竹叶青酒喝尽了，人人头饰彩燕，个个兴高采烈，灯烛熄了，那灯芯仿佛是一条条颤动的金虫。风流应是自然天成，非人力能所为的。

浣溪沙·红桥[1]怀古，和王阮亭韵

（无恙年年汴水流）

无恙年年汴水[2]流。一声《水调》[3]短亭秋。旧时明月照扬州。　　曾是长堤牵锦缆[4]，绿杨清瘦至今愁。玉钩斜[5]路近迷楼。

【注释】

①红桥：吴绮《扬州鼓吹词序》："红桥在城西北二里。崇祯间形家设以锁水口者，朱栏数丈，远通两岸。而荷香柳色。雕楹曲槛，鳞次环绕，绵亘十余里。春夏之交，繁弦急管，金勒画船，掩映出没于其间，诚一郡之丽观也。"又，王士祯《红桥游记》："出镇淮门，循小秦淮而北，陂岸起伏多态，竹木蓊郁，清流映带。人家多因水为园，亭榭溪塘，幽窈而明瑟，颇尽四时之美。拿小舟，循河西北行，林木尽处，有桥，宛然如垂虹下饮于涧，又如丽人靓妆弦服，流照明镜中，所谓红桥也。游人登平山堂，率至

法海寺，舍舟而陆，径必出红桥下。桥四面皆人家荷塘，六七月间，菡萏作花，香闻数里，青帘白舫，络绎如织，良谓胜游矣。予数往来北郭，必过红桥，顾而乐之。登桥四望，忽复徘徊感叹。当哀乐之交乘于中，往往不能自喻其故。王、谢冶城之语，景、晏牛山之悲，今之视昔，亦有然耶？壬寅季夏之望，与箨庵、茶村、伯玑诸子偶然漾舟，酒阑兴极，援笔成小词二章，诸子倚而和之。箨庵继成一章，予亦属和。嗟乎！丝竹陶写，何必中年？山水清音，自成佳话。予与诸子聚散不恒，良会未易遘，而红桥之名，或反因诸子而得传于后世，增怀古凭吊者之悲回感叹，如予今日，未可知也。”

②汴水：古河名，原河在今河南荥阳附近。受黄河之水，流经开封，东至江苏徐州转入泗水。隋炀帝巡幸江都即由此道。今水已湮废，仅泗县尚有汴水断渠。

③《水调》：曲调名，传为隋炀帝时，开汴渠成，遂作此。杜牧《扬州》：“谁家唱水调，明月满扬州。”此曲为商调曲，唐曲凡十一叠。

④“曾是”句：长堤，指隋堤。隋炀帝大业元

年，开通济渠，自西苑引谷水、洛水入黄河；自板渚引黄河入汴水，经泗水达邗沟，自山阳至扬子入长江。渠广四十步，旁筑御道，并植杨柳，后人谓之隋堤。白居易《隋堤柳》："隋堤柳，岁久年深尽衰朽，风飘飘兮雨萧萧，三株两株汴河口。大业年中炀天子，种柳成行夹流水，西自黄河东至淮，绿影一千三百里。"锦缆，唐颜师古《大业拾遗记》谓隋炀帝"至汴，帝御龙舟，萧妃乘凤舸，锦帆彩缆，穷极侈靡。……每舟择妙丽长白女子千人执雕板镂金楫，号为殿脚女。锦帆过处，香闻十里。"后以此典喻指帝王穷奢极侈，招致国破身亡。

⑤玉钩斜：隋代葬埋宫女的墓地。一迷楼，楼名。故址在今扬州西北。隋炀帝时，浙人项升进新宫图。帝令依图起造于扬州，经年始成。回环四合，上下金碧，工巧弘丽，自古无有，费用金玉，国库为之一空。《古今诗话》云："帝幸之，曰：'使真仙游此，亦当自迷。'乃名迷楼。"

【译文】

汴水年年都是这样流淌，明月也未改变模样。是谁在河边的驿站唱起歌。给秋色添了一份苍凉。　　隋炀帝大业元年，开通济渠，自西苑引谷水、洛水入黄河；自板渚引黄河入汴水，经泗水达邗沟，自山阳至扬子入长江。渠广四十步，旁筑御道，并植杨柳，强征吴越少女，帝王穷奢极侈，招致国破身亡。那不远处就是隋代葬埋宫女的墓地。

摊破浣溪沙（林下荒苔道韫家）

林下荒苔道韫家，生怜[①]玉骨[②]委尘沙。愁向风前无处说，数归鸦。　　半世浮萍随逝水，一宵冷雨葬名花[③]。魂是柳绵吹欲碎，绕天涯。

【注释】

①生怜：可怜。

②玉骨：清瘦秀丽的身架，多形容女子的体态。

③名花：名贵的花，同名花一样的美人。

【译文】

红颜薄命，人生的悲喜与得失，一种很凄凉的意境。　　生活的漂浮不定，突然受到了巨大的打击导致心力交瘁。心灰意冷，生活了无趣味，心如止水。

摊破浣溪沙（风絮飘残已化萍）

风絮飘残已化萍，泥莲[①]刚倩[②]藕丝萦[③]。珍重别拈[④]香一瓣，记前生。　　人到情多情转薄，而今真个悔多情。又到断肠回首处，泪偷零。

【注释】

①泥莲：指荷塘中的莲花。

②倩：请、恳请。

③萦：萦绕、缠绕。

④拈：用手搓捏或拿东西。

【译文】

风中的柳絮残飞到水面化作浮萍，河泥中的莲花虽然刚劲果断，但是它的茎却依然会丝丝萦绕不断；别离时拈一花瓣赠予对方，纪念以前的事情。　　人们常说人多情，他的感情就不会很深，现在真的后悔以前的多情；回到以前伤心离别的地方，泪水禁不住悄悄流下来。

摊破浣溪沙（欲语心情梦已阑）

欲语心情梦已阑[①]，镜中依约[②]见春山[③]。方悔从前真草草，等闲看。　　环佩只应归月下，钿钗[④]何意寄人间。多少滴残红蜡泪，几时干。

【注释】

①阑：残、尽。

②依约：仿佛，隐约。

③春山：春日的山，亦指春日山中，春日山色黛青喻指妇人姣好的眉毛，进而代指美女。

④钿钗：金花、金钗等妇女首饰，借指妇女。

【译文】

梦里相聚，总有千言万语，刚要一吐衷情，梦却醒了。来到你的梳妆台前，菱花镜中仿佛依稀又看见你对镜描眉的样子。懊悔美丽的容颜，为何从前没有仔细看。

你的首饰还在，我的爱恋还在，人，却无处相依。蜡烛啊，也思念你流下了眼泪，到天明，点点滴滴。

摊破浣溪沙（小立红桥柳半垂）

小立红桥柳半垂，越罗[①]裙扬缕金衣[②]。采得石榴[③]双叶子，欲遗谁？　便是有情当落日，只应无伴送斜晖。寄语东风休着力[④]，不禁吹。

【注释】

①越罗：越地所产的丝织品，以轻柔精致著称。

②缕金衣：绣有金丝的衣服。

③石榴：石榴树。亦指所开的花和所结的果实。

④着力：即用力、尽力。

【译文】

她在红桥垂柳畔伫立，风儿吹动罗衣，衣袂飘飘。伸手将石榴的叶子采下两片，可是又该把它送给何人呢？　纵使心中万种情，也只能独自一人空对斜阳。那东风啊，请不要吹得太过用力，风中的人儿已禁受不起了。

摊破浣溪沙（一霎灯前醉不醒）

一霎[①]灯前醉不醒，恨如春梦[②]畏分明[③]。淡月淡云窗外雨，一声声。　人到情多情转薄，而今真个不多情。又听鹧鸪啼遍了，短长亭。

【注释】

①一霎：一刹那，谓极短的时间。

②春梦：春夜的梦。比喻转瞬即逝的好景，也比喻不能实现的愿望。

③“恨如”句：言怕醉中梦境与现实分明起来。

【译文】

醉倒在灯前久久不曾醒来。怕醉中梦境与现实分明起来。窗外云淡月朦，淅沥的雨声让人伤怀。　人们说情到浓时就会转淡，我也不再多情。又听到长亭、短亭外，鹧鸪的叫声，增添了凄凉无奈。

摊破浣溪沙（昨夜浓香分外宜）

昨夜浓香分外宜，天将妍暖[1]护双栖[2]，桦烛影微红玉[3]软，燕钗[4]垂。　　几为愁多翻自笑，那逢欢极却含啼[5]。央及[6]莲花[7]清漏[8]滴，莫相催。

【注释】

①妍暖：谓晴朗暖和。

②双栖：飞禽雌雄同栖，比喻夫妻共处。

③红玉：红色宝玉，古时常用于比喻美人的肤色。

④燕钗：旧时妇女别在发髻上的一种燕子形的钗。

⑤含啼：犹含悲。

⑥央及：请求、央告。

⑦莲花：即莲花漏。

⑧清漏：清晰的滴漏声，古代以漏壶滴漏计时。

【译文】

昨晚浓浓的香气分外宜人，天气将要暖和起来，保护我和我的恋人可以双栖，烛影摇曳渐渐衰微，念身上所佩戴的红玉都被此熏软了，燕钗低低地垂下。

有的时候因为愁苦多了倒是变成自己的笑，哪遇到过欢乐至极时却含笑啼哭呢？这样就殃及了莲花漏流逝更快了，这样的良辰美景就不要催促它结束了。

虞美人（绿阴帘外梧桐影）

绿阴帘外梧桐影，玉虎牵金井[①]。怕听啼鴂[②]出帘迟，挨到年年今日两相思。　凄凉满地红心草[③]，此恨谁知道。待将幽忆寄新词，分付[④]芭蕉风定月斜时。

【注释】

①“玉虎”句：玉虎，井上的辘轳。金井，井栏上有雕饰之井，多指宫廷园林之井。

②啼鴂：杜鹃鸟啼鸣。

③红心草：草名。喻美人之遗恨。相传唐王炎，梦侍吴王，久之，闻宫中出辇，鸣箫击鼓，言葬西施。吴王悲悼不止，立诏词客作挽歌。炎应教作了《西施挽歌》，有“满地红心草，三层碧玉阶”。

④分付：托付，寄意之意。宋毛滂《惜分飞》：“今夜山深处，断魂分付。潮回去。”

【译文】

梧桐树的影子在帘外晃动着，井上的辘轳静静地悬着。怕听见杜鹃鸟的叫声感到忧伤，所以迟迟不肯走出户外。每年的今天，都是我们思念彼此的时候。　满地红心草凄凉无限，我和你天人永隔，没有人能懂得这样的遗憾。我要把对你的回忆寄托在新填的词里，在风停月斜之时，将思念写在芭蕉叶上。

虞美人（曲阑深处重相见）

曲阑深处重相见，匀泪[①]偎人颤。凄凉别后两应同，最是不胜清怨[②]月明中。　　半生已分[③]孤眠过，山枕[④]檀痕[⑤]涴[⑥]。忆来何事最销魂[⑦]，第一折枝[⑧]花样画罗裙。

【注释】

①匀泪：拭泪。全句指在情人的怀中颤抖着擦拭眼泪。

②不胜清怨：指难以忍受的凄清幽怨。唐钱起《归雁》：“二十五弦弹夜月，不胜清怨却飞来。”不胜，承受不了。

③分（fèn）：料想。

④山枕：枕头。两端凸起中间低凹的山形枕头。

⑤檀痕：浅红色的泪痕。沾上胭脂的泪痕。

⑥涴（wò）：浸渍、染上。枕头上浸渍了粉红色的泪痕。

⑦销魂：极度的愁苦或欢乐。

⑧折枝：中国花卉画技法，即不画全株，只画连枝折下的部分。宋仲仁《华光梅谱·取象》："……其法有偃仰枝、覆枝、从枝、分枝、折枝。"

【译文】

记得那次在曲折栏杆的深处见到你，你拭去泪水，颤抖着依偎在我的怀里。分别之后，你我各自承受着凄凉。每逢月圆，因为不能团聚而伤心。　　我们长久别离，忍受孤眠的痛苦，我知道你的枕头上浸渍了粉红色的泪痕。回忆你最让我心动的一刻，就是你穿着带有花枝绣花的罗裙。

◎ **创作背后的故事**

写此作品时，纳兰的结发妻子卢氏，已离世多年，长久孤寂的纳兰，总是抹不去与妻子在一起时的那些点滴快乐，总是抹不去心头似被月光镌刻上去一样的温暖回忆。于是写下此词以舒缓自己相思之苦。

虞美人（峰高独石当头起）

峰高独石当头起，冻合双溪水。马嘶人语各西东，行到断崖无路小桥通。　　朔鸿[1]过尽归期杳，人向征鞍老。又将丝泪[2]湿斜阳，回首十三陵树暮云黄。

【注释】

①朔鸿：从北方向南飞去的大雁。

②丝泪：谓泪如雨丝。韦应物《拟古诗》：“年华逐丝泪，一落俱不收。”

【译文】

山峰高俊，巨石当头矗立，影子落在双溪水里。马儿嘶鸣，人语鼎沸，从这里分作两道而行。已走到断崖边上，道路断绝，有一座小桥通往前方。　　北方的大雁已南飞，远行的人在旅途中老去，不知何时能回到家。面对夕阳落泪，回头望去，只有暮云下的十三陵的树林。

虞美人（春情只到梨花薄）

春情[1]只到梨花薄[2]，片片催零落[3]。夕阳何事近黄昏，不道[4]人间犹有未招魂。　银笺[5]别梦当时句，密绾同心苣[6]。为伊判作[7]梦中人，长向画图清夜唤真真[8]。

【注释】

①春情：春天的景致或意趣。

②梨花薄：谓梨花丛密之处。薄，指草木丛生之处。《楚辞·九章·思美人》："揽大薄之芳茝兮，搴长洲之宿莽。"洪祖兴补注："薄，丛薄也。"《淮南子·俶真训》："鸟飞千仞之上，兽走丛薄之中。"高诱注："聚木曰丛，深草曰薄。"

③零落：树木枯凋。

④不道：犹不管、不顾。

⑤银笺：素白之笺纸。

⑥同心苣（qǔ）：织有相连锁的火炬形图案的同心结。古人作为爱情的信物。前蜀牛峤《菩萨蛮》：

“窗寒天欲曙，犹结同心苣。”

⑦判作：甘愿作。

⑧真真：美人之代称。此处借指所思之情人或妻子。唐杜荀鹤《松窗杂记》：“唐进士赵颜于画工处得一软障，图一妇人甚丽，颜谓画工曰：‘世无其人也，如可令生，余愿纳为妻。’画工曰：‘余神画也，此亦有名，曰真真，呼其名百日，昼夜不歇，即必应之，应则以百家彩灰酒灌之，必活。’颜如其言，遂呼之百日……遂活，下步言笑如常。”宋范成大《戏题赵从善两画轴》：“情知别有真真在，试与千呼万唤看。”

【译文】

春天的景致无限，我却只在梨花旁边，由梨花想到离别，伤怀着你的离去。梨花凋零，天色不知不觉中到了黄昏，它们不会明白，人间尚有未曾召回的魂魄。

精美的笺纸上仍留有当时的诗句，当时结成的同心结至今也没有解开。为了和你在一起，我宁愿活在梦里。每个夜晚，我都对着你的画像，呼唤着你的名字。

虞美人（黄昏又听城头角）

黄昏又听城头角，病起心情恶。药炉初沸短檠[①]青，无那残香[②]半缕恼多情。　　多情自古原多病，清镜[③]怜清影。一声弹指泪如丝，央及[④]东风休遣[⑤]玉人[⑥]知。

【注释】

①短檠：矮灯架，借指小灯。

②残香：将要烧尽的香。

③清镜：即明镜。

④央及：央告。

⑤休遣：暂时释放。

⑥玉人：容貌美丽的人，对亲人或所爱之人的爱称。

【译文】

黄昏时分，城头吹起了浑厚深幽的号角，角声入了他的耳，让他那多愁的心愈发怨恼起来。药炉初沸的雾气，烛台孤立，一豆灯火微微跳跃，映衬出苍白的脸。

寂寞孤苦之时思索悠悠旧事，如若东风知我意，还请不要将我病中境况说与她听，我岂能又让她愁让她忧，一切的苦楚就让我来独自承担。

虞美人（彩云易向秋空散）

彩云易向秋空散，燕子怜长叹。几番离合总无因，赢得一回僝僽[①]一回亲。　　归鸿旧约霜前至，可寄香笺字[②]？不如前事不思量，且枕红蕤[③]欹侧看斜阳。

【注释】

①僝僽（chán zhòu）：烦恼、愁苦。

②“归鸿”二句：香笺，散发有香气的信笺。此二句意谓远行的丈夫曾约定霜期之前即归来，既是如此，也应该寄封书信来慰相思啊！

③红蕤：红蕤枕。传说中的仙枕，此处代绣花枕。唐张谓《宣室志》卷六载，玉清宫有三宝，碧玉环、红蕤枕、紫玉函。红蕤枕，似玉微红，有纹如粟。宋毛滂《小重山·春雪小醉》：“十年旧事梦如新，红蕤枕，犹暖楚峰云。”

【译文】

彩云容易在秋天的天空飘散，燕子听闻多情之人的长叹也会心生怜惜。几番离合总是偶然，让人时而烦恼，时而温暖。　　远行的丈夫曾约定霜期之前即归来，既是如此，也应该寄封书信来慰相思啊。不如索性不要想那些爱恨纠缠的往事吧，且倚在绣枕上看那夕阳西下。

虞美人（银床淅沥青梧老）

银床淅沥青梧老，屧粉秋蛩扫[①]。采香行处蹙连钱，拾得翠翘何恨不能言[②]。　　回廊③一寸相思地，落月成孤倚。背灯和月就花阴，已是十年踪迹十年心。

【注释】

①“银床”二句：银床，指井栏；一说为辘轳架。杜甫《冬日洛城北谒玄元皇帝庙》：“风筝吹玉柱，露井冻银床。”仇兆鳌注：“朱注：旧以银床为井栏，《名义考》：银床乃辘轳架，非井栏也。”淅沥：象声词，形容风雨落叶等声音。屧（xiè）粉，借指所恋之女子。屧，鞋之木底，与粉字连缀即代指女子。秋蛩，蟋蟀。此二句是说秋风秋雨摧残了井边的梧桐。那美丽的身影和蟋蟀声音也不在了。

②“采香”二句：采香，据范成大《吴郡志》云：吴王夫差于香山种香，使美人泛舟于溪以采之。本篇谓采香系喻指曾与她有过一段恋情的去处。连

钱，连钱马，又名连钱骢。即毛皮色有深浅，花纹形状似相连的铜钱。翠翘，女子的首饰，指翡翠翘头。

③回廊：用春秋吴王“响屧廊”之典。宋范成大《吴郡志》：“响屧廊，在灵岩山寺。相传吴王令西施辈步屧，廊虚而响，故名。”其遗址在今苏州市西灵岩山。此处借指与所爱之人曾有过恋情的地方。

【译文】

秋风秋雨摧残了井边的梧桐。那美丽的身影和蟋蟀声音也不在了。我拾起她当年遗失的首饰，心头升起难以言喻的幽怨。　　那一段回廊曾是我们留恋之地，如今我只能在这里徒劳地思念你。我一个人倚靠在这里，背对着灯光，面朝月色，暗自神伤：不过是转眼之间，十年已成过往。

虞美人（风灭炉烟残灺冷）

风灭炉烟残灺冷[①]，相伴唯孤影。判教狼藉醉清樽[②]，为问世间醒眼[③]是何人。　　难逢易散花间酒[④]，饮罢空搔首。闲愁总付醉来眠，只恐醒时依旧到尊前。

【注释】

①“风灭”句：炉烟，熏炉或香炉之烟。残灺（xiè），烧残的烛灰。

②“判教”句：意谓情愿喝得酩酊大醉，借清酒来麻醉自己。判，情愿、甘愿、不惜之意。清尊，酒器，借指清酒（清醇之酒）。唐皇甫冉《曾山送别诗》：“凄凄游子苦飘蓬，明日清尊只暂同。”

③醒眼：清醒之眼光。

④花间酒：谓美景良辰时之酒宴。

【译文】

风吹走烧残的，已经冷却的香灰，一个人形影相吊。索性尽情畅饮吧，但求一醉，这世间哪有什么清醒的人。　　花间对酌最是难得，欢闹的酒宴最易结束，留不住美好的时光，无可奈何。闲愁全靠醉酒来排遣，只怕醒来愁绪依然不散，还得继续靠酒来麻痹自己。

虞美人·为梁汾赋（凭君料理《花间》课）

凭君料理[①]《花间》课[②]，莫负当初我。眼看鸡犬上天梯[③]，黄九自招秦七共泥犁[④]。　　瘦狂那似痴肥好，判任痴肥笑。笑他多病与长贫[⑤]，不及诸公衮衮向风尘[⑥]。

【注释】

①料理：本为指点、指教。此处含有辑集之意。

②课：指词作。

③天梯：古人想象中登天的阶梯，此处喻入仕朝堂，登上高位。鸡犬上天梯，即一人得道，鸡犬升天之意。

④“黄九”句：黄九，指北宋诗人黄庭坚，因其排行第九，故云。秦七，指北宋词人秦观，其排行第七，故云。此处以“黄九”“秦七”代指作者与顾贞观。泥犁，佛家语，地狱之意。

⑤长贫：长期多贫与贫苦。

⑥风尘：指宦途、官场。晋葛洪《抱朴子·交

际》："驰骋风尘者，不撇建德业，务本求己。"

【译文】

我仰仗你帮我编定词集，不辜负我当初把你引为知己的情谊。眼看着别人鸡犬升天，你与我却耽于词章，不求显达。 贫寒狷狂之人，自然没有仕途得意者的踌躇满志，听任那些得意的人去笑吧，笑你我长期多病与贫苦，比不上诸位公卿仕途显赫，宦途通达。

◎ **创作背后的故事**

作于康熙十六年（1677），时纳兰性德二十三岁。此篇汪刻本副题作"为梁汾赋"，故这词或是写给好友顾贞观的。顾贞观可算是纳兰的第一知己，二人不惟交契笃厚，而且有着相同的词学主张，即认为词应抒写"性情"，言情当细致入微，且当"发乎情，止乎礼。"

虞美人·秋夕信步[①]（愁痕满地无人省）

愁痕满地无人省，露湿琅玕[②]影。闲阶小立倍荒凉，还剩旧时月色在潇湘。　　薄情转是多情累，曲曲柔肠碎。红笺向壁[③]字模糊，忆共灯前呵手为伊书。

【注释】

①信步：漫步，随意行走。

②琅玕：一种青色似珠玉的美石，是孔雀石的一种，又名绿青。喻竹。

③向壁：面向墙壁。

【译文】

秋天遍地落叶，这愁绪无人能解。露水打湿竹影，我独自伫立，倍感荒凉，只有旧时的潇湘月色能安慰我的心绪。　　人太过多情，终会疲倦不堪，我宁愿自己薄情寡义。一声声催人肝肠寸断。独自对着墙壁读你的信，不由得想起当初为你呵着双手书写新曲。

生查子（东风不解愁）

东风[1]不解愁，偷展湘裙[2]衩[3]。独夜背纱笼[4]，影著纤腰画。

爇[5]尽水沉[6]烟，露滴鸳鸯瓦[7]。花骨[8]冷宜香，小立樱桃下。

【注释】

①东风：即春风。

②湘裙：湖绿色的裙子。

③衩：为衣裙下边的开口。

④纱笼：一种以纱制成的罩子，用以罩在熏炉外面。

⑤爇（ruò）：燃烧。

⑥水沉：即水沉香、沉香。

⑦鸳鸯（yuān yāng）瓦：成双成对的瓦，两两相扣，如同相依的鸳鸯。

⑧花骨：花枝。

【译文】

不解风情的东风吹来，轻拂着她的裙衩。在寂寞的夜里，背靠着丝纱的灯罩，映照出纤细身影。　沉香燃尽，烟气也已消散，露珠滴落在成对的鸳鸯瓦上。夜里天气变得寒冷，但立于樱桃树下面花蕾的香气却愈加宜人。

◎ **创作背后的故事**

二十岁的纳兰性德娶两广总督、兵部尚书卢兴祖之女卢氏为妻。少年夫妻无限恩爱，可惜好景不长，美好的生活只过了短短三年，爱妻便香消玉殒了。这首词作于妻子卢氏死后，叙述了词人凄清孤苦的鳏居生活。

生查子（鞭影落春堤）

鞭影落春堤，绿锦障泥卷①。脉脉逗菱丝，嫩水吴姬眼②。

啮膝③带香归，谁整樱桃宴④。蜡泪恼东风，旧垒眠新燕⑤。

【注释】

①“鞭影”二句：意谓马鞭的影子投落在春堤上，鄣泥微卷，春日的水面碧绿如锦。鞭影，马鞭之影。鄣泥，即马鞯。因垫在马鞍下，垂于马背的两旁以挡尘土，故称。

②“脉脉”二句：谓菱丝蔓蔓，缠绕交织，仿佛脉脉含情，嫩绿的春水好像是吴姬的眼波。菱丝，即菱蔓。吴姬，指吴地的美女。

③啮膝：良马名。元末高明《琵琶记·杏园春宴》：“飞龙、赤兔、啮膝……正是青海月氏生下，大宛越睒将来。”

④樱桃宴：科举时代庆贺新进士及第的宴席。始于唐僖宗时期。王定保《唐摭言·慈恩寺题书游赏

赋咏杂记》："新进士尤重樱桃宴。乾符四年，永宁刘公第二子覃及第……独置是宴，大会公卿，时京国樱桃初出，虽贵达未适。而覃山积铺席，复和以糖酪者，人享蛮榼一小盎，亦不啻数升。"

⑤"蜡泪"二句：意谓面对蜡灯烛泪伤春的意绪又油然而起，那梁上的旧巢依然，只是宿巢的却是一双新燕。

【译文】

鞭的影子投落在春堤上，郭泥微卷，春日的水面碧绿如锦。丝蔓蔓，缠绕交织，仿佛脉脉含情，嫩绿的春水好像是吴姬的眼波。　　宝马身上还带着春日野外的气息，该是参加科举时代庆贺新进士及第的宴席的时候了。面对蜡灯烛泪伤春的意绪又油然而起，那梁上的旧巢依然，只是宿巢的却是一双新燕。

生查子[1]（散帙坐凝尘）

散帙坐凝尘，吹气幽兰并[2]。茶名龙凤团，香字鸳鸯饼[3]。玉局类弹棋，颠倒双栖影[4]。花月不曾闲，莫放相思醒[5]。

【注释】

①生查子：唐教坊曲名，后用为词牌，《敦煌曲子词》中有此调，唐韩偓所作最早。因朱希真词有“遥望楚云深”句，故又名《楚云深》。生查子，生楂子，多少青涩，几多皱眉，历来，多抒写怨抑感伤之情。

②“散帙”二句：散帙，本指打开的书帙，此处借指读书。谢灵运《酬从弟惠连》：“凌涧寻我室，散帙问所知。”凝尘，尘土聚积。此处有不过分讲究居处之意。《晋书·简文帝纪》：“帝少有风仪，善容止，留心典籍，不以居处为意，凝尘满席，湛如也。”吹气幽兰，谓美女气息之香胜于兰花。这二句意谓读书之时，身边有爱妻（或指美人）伴坐。

③“茶名”二句：谓品味着龙凤团名茶，燃着鸳鸯饼的香料。龙凤团，茶名，即龙团凤饼，为宋代著名的贡茶，饼状，上有龙纹，故名。鸳鸯饼，形似鸳鸯的焚香饼。一饼之火，可熏燃一日。

④“玉局”二句：玉局，棋盘之美称。弹棋，古代一种博戏。据云始于汉代，李贤注《后汉书·梁冀传》引《艺经》曰：“弹棋，两人对局，白黑棋各六枚，先列棋相当，更先弹之。其局以石为之。”后至魏改为十六棋，唐为二十四棋。

⑤“花前”二句：花月，花前月下。白居易《老病》：“尽听笙歌夜醉眠，若非月下即花前。”相思醒，尤言相思之“醉”而复“醒”，即谓花前月下，笙歌醉眠，不要触动我的相思之情。

【译文】

读书之时，身边有爱妻伴坐。品味着名茶，燃着香料。　　玉石棋盘好似古代的弹棋，棋盘倒映出你我的影子。花前月下，笙歌醉眠，不要触动我的相思之情。

生查子（短焰剔残花）

短焰剔残花①，夜久边声②寂。倦舞却闻鸡③，暗觉青绫④湿。

天水接冥蒙⑤，一角西南白。欲渡浣花溪，梦远⑥轻无力。

【注释】

①残花：残存的烛花。

②边声：指边境上的羌管、胡笳、画角等声音。

③“倦舞”句：《晋书·祖逖传》：“（祖逖）与司空刘琨俱为司州主簿，情好绸缪，共被同寝。中夜闻荒鸡鸣，蹴琨觉曰：‘此非恶声也。’因起舞。”后以此作为壮士奋发之典。这里则谓倦于“起舞”却偏偏“闻鸡”的矛盾心情。

④青绫：青色的有花纹的丝织物。古代贵族常以之制作被服帷帐等。

⑤冥蒙：幽暗不明。江淹《杂体诗·效颜延之侍宴》：“青林结冥蒙，丹巘被葱蒨。”

⑥梦远：指思念远方人的梦。

【译文】

灯焰弱了，剔一下灯芯。夜深了，羌笛与胡笳都已沉寂。没有了闻鸡起舞的壮志，听到了鸡鸣，却暗自垂泪，百感交集。　　远处天水相接，西南角泛出了白色。想要辞官，却无法回去，连梦都软弱无力。

生查子（惆怅彩云飞）

惆怅彩云飞，碧落[①]知何许。不见合欢花[②]，空倚相思树。

总是别时情，那得分明语。判得[③]最长宵，数尽厌厌[④]雨。

【注释】

①碧落：道家称东方第一层天，碧霞满空，叫作“碧落”。后泛指天上（天空）。

②合欢花：与下句的相思树对举，均有双关意。

③判得：甘心情愿地。判，同“拚”。

④厌厌：绵长之意。南唐冯延巳《长相思》：“红满枝，绿满枝，宿雨厌厌睡起迟。”

【译文】

惆怅地望着彩云远飞，却不知它飞向哪里。看不见合欢花，只能倚靠在相思树旁。　　离别的愁绪总在心中，即使不说却不曾中断。想你的夜晚最漫长，我数着无尽的雨无法入眠。

清平乐（青陵蝶梦）

青陵蝶梦，倒挂怜么凤[①]。褪粉收香情一种，栖傍玉钗偷共[②]。

愔愔镜阁飞蛾，谁传锦字秋河[③]？莲子依然隐雾，菱花暗惜横波[④]。

【注释】

①“青陵”二句：青陵蝶梦。晋干宝《搜神记》：“大夫韩凭取妻美，宋康王夺之，凭怨王，自杀，妻腐其衣，与王登台，自投台下，左右揽之，着手化为蝶。”后以此典喻与妻子别离。么凤，鹦鹉之一种。身体小巧，毛黄绿色，今俗称虎皮鹦哥。苏轼《西江月》：“海仙时遣探芳丛，倒挂绿毛么凤。”自注云：“惠州梅花上珍禽曰倒挂子，似绿毛凤而小。”此二句意谓与爱妻离别了，而那可爱的鹦鹉仍在架上。

②“褪粉”二句：意谓妻子虽已逝去，与她的情义却未消失，但如今也只有她的遗物和我相伴了。玉

钗：原指玉制的钗头，此处借指美丽的女子。

③“愔愔（yīn）”二句：愔愔，悄寂、幽深貌。镜阁，女子的住室。锦字，书信。秋河，银河。此二句意谓阁中寂寂，只有飞蛾相伴。还有谁再寄来书信呢?

④“莲子”二句：意谓当初你怜爱我志存高远，待时而起的深意依然记得，可现在我只有对镜暗自伤情，又仿佛看到了你那一双美丽动人的眼睛。莲子，即怜子。隐雾：谓隐遁。犹“隐约”。

【译文】

与爱妻离别了，而那可爱的鹦鹉仍在架上。妻子虽已逝去，与她的情义却未消失，但如今也只有她的遗物和我相伴了。　　阁中寂寂，只有飞蛾相伴。还有谁再寄来书信呢？当初你怜爱我志存高远，待时而起的深意依然记得，可现在我只有对镜暗自伤情，又仿佛看到了你那一双美丽动人的眼睛。

清平乐（烟轻雨小）

烟轻雨小，望里青难了。一缕断虹[1]垂树杪[2]，又是乱山残照[3]。　凭高目断征途，暮云千里平芜。日夜河流东下，锦书应托双鱼。

【注释】

①断虹：一段彩虹，残红。

②树杪：树梢。

③残照：落日的光辉，夕照。

【译文】

在弥漫着雾气的空中，小雨淅沥，望向远方，青山连绵不断。树梢截断了彩虹，夕阳余晖笼罩着山峰。

登高远眺，只见征途无尽，暮云下是广阔的草原。河水不分昼夜地向东流去，家书应当托付双鱼带回家里。

清平乐（将愁不去）

将愁[1]不去，秋色行难住。六曲屏山[2]深院宇，日日风风雨雨。　　雨晴篱菊初香，人言此日重阳。回首凉云[3]暮叶，黄昏无限思量。

【注释】

①将愁：长久之愁。将，长久之意。《诗经·商颂·烈祖》：“以假以享，我受命溥将。”马瑞辰通释：“盖言我受天之命溥且长，犹《公刘篇》‘既溥既长’，以溥长对举也。”《楚辞·九辩》：“岁忽忽而遒尽兮，恐余寿之弗将。”王逸注：“惧我性命之不长也。”

②六曲屏山：曲折之屏风。

③凉云：阴凉之云。南朝齐谢眺《七夕赋》：“朱光既夕，凉云始浮。”

【译文】

心中的惆怅挥之不去，秋意愈加浓郁。在深院曲折的屏风后面，心情天天经受着风雨的摧残。　　雨晴之后，篱笆里的菊花发出阵阵清香，听人说今天是重阳节。回头看到秋叶凋残，在黄昏时分不由得思绪万千。

清平乐（凄凄切切）

凄凄切切，惨淡黄花节[①]。梦里砧声浑未歇，那更乱蛩[②]悲咽。　　尘生燕子空楼，抛残弦索[③]床头。一样晓风残月，而今触绪[④]添愁。

【注释】

①黄花节：谓深秋时节。黄花，菊花。

②乱蛩：杂乱鸣叫的蟋蟀。

③弦索：弦乐器之弦，代指弦乐器，如琵琶、筝等。

④触绪：触动了心绪。

【译文】

深秋时分，一派凄凉惨淡的气氛。梦里捣衣的声音仍然没有停歇，杂乱鸣叫的蟋蟀更惹人悲咽。　　小楼早已空无一人，落满尘土。琴弦像当初一样，胡乱地抛在床头。晓风残月虽然同从前一样，如今看着却倍感忧伤。

清平乐（塞鸿去矣）

塞鸿①去矣，锦字②何时寄。记得灯前佯忍泪，却问明朝行未。　　别来几度如珪③，飘零落叶成堆。一种晓寒残梦，凄凉毕竟因谁。

【注释】

①塞鸿：即塞雁，边塞之雁。秋季南飞，春季北返。古诗文中常比喻远离家乡，漂泊在外的人。

②锦字：书信。前秦秦州刺史窦滔被徙流沙，其妻苏氏思之，织锦为回文旋图诗以赠滔，共840字，可婉转循环读之，词甚凄婉。后称书信为锦字或锦书。

③　：同“圭”。本为长条形卫器，《说文》：“圭，瑞玉也，上圈下方。”南朝江淹《别赋》：“秋月如　”，李善注：“圆如日月”。这里借喻月圆而缺。

【译文】

北方的雁已经飞走，家书何时才能寄出。记得我们分别前夕，你在灯前忍着泪水，只是问我是否明天就要出发。　　自从分别之后，几度月亮圆缺，如今深秋时节落叶飘零，在地上堆得很厚。在同样的寒意里，我们在不同的地方做着同样的梦，同样因为分别而感到凄凉。

清平乐（风鬟雨鬓）

风鬟雨鬓[①]，偏是来无准。倦倚玉阑看月晕，容易语低香近[②]。

软风吹遍窗纱，心期便隔天涯[③]。从此伤春伤别，黄昏只对梨花。

【注释】

①风鬟雨鬓：本为鬟鬓蓬松不整之意。李朝威《柳毅传》：“见大王爱女牧羊于野，风鬟雨鬓，所不忍睹。”李清照《永遇乐》：“如今憔悴，风鬟雾鬓。怕见夜间出去。”皆为此意，后代指女子。这里指亡妻，或指所恋之女子。

②语低香近：此谓与那美丽的女子软语温存，情意缠绵，那可人的缕缕香气更是令人销魂。

③“心期”句：意思是说如今与她远隔天涯，纵心期相见，那也是可望而不可即的了。

【译文】

当初冒着风雨前来约会，因为是背着人偷偷跑出来的，所以常常不能如约而至。和她一起倚在玉阑干上赏月，低声细语倾诉衷情，还能闻到她身上的香气。

然而相聚的时间毕竟是短暂的，转眼之间暮春之风吹过窗纱，与她一别相隔天涯。从此每逢暮春时节便伤别，黄昏日落，只一人空对梨花悠悠地思念她。

清平乐（参横月落）

参横月落[①]，客绪从谁托。望里家山云漠漠[②]，似有红楼[③]一角。　　不如意事年年，消磨绝塞风烟。输与五陵公子，此时梦绕花前。

【注释】

①参横月落：月亮已落，参星横斜，形容夜深。

②漠漠：紧密分布或大面积分布的样子。

③红楼：指家园的阁楼。

【译文】

月亮已落，参星横斜，远行的愁绪只有自己消受。向着家所在的方向望去，一片烟云笼罩，隐约间似乎看到红楼的一角。　　不如意的事年年都有，此次是离家远赴边关。不能与京城里那些富贵子弟相比，他们还在梦中没有醒来。

清平乐（角声哀咽）

角声哀咽，襆被①驮残月。过去华年如电掣[2]，禁得番番离别。　　一鞭冲破黄埃[3]，乱山影里徘徊。蓦忆去年今日，十三陵下归来。

【注释】

①襆被：用包袱捆上衣被。

②电掣：电光疾闪而过，喻迅运、转瞬即逝。

③黄埃：黄色的尘埃。

【译文】

号角声如同哀哭，我用包袱捆上衣被，踏着残月，匹马远行。年华飞逝，青春转瞬即逝，怎禁得年年与你别离。　　策马扬鞭，穿过尘埃，在山影中徘徊。想起去年今日，我在归途中经过十三陵。

清平乐（画屏无睡）

画屏无睡，雨点惊风碎。贪话零星兰焰[①]坠，闲了半床红被。

生来柳絮飘零。便教咒[②]也无灵。待问归期还未，已看双睫盈盈。

【注释】

①兰焰：即烛花。

②咒：祈祷。

【译文】

夫妻双双不寐，絮语绵绵，空使灯花坠落，锦被闲置。　　生来就是柳絮漂泊的命了。既然分别已无可改变，那就只好预向归期了，可是，她还没等开口，早已就秋波盈盈，清泪欲滴了。

清平乐（麝烟深漾）

麝烟[①]深漾。人拥缑笙氅[②]。新恨暗随新月长。不辨眉尖心上。　　六花斜扑疏帘[③]。地衣红锦轻沾。记取暖香如梦，耐他一晌寒岩[④]。

【注释】

①麝烟：焚烧麝香所飘散出的烟。

②缑笙氅：犹如仙衣道服式的大氅。汉刘向《列仙传·王子乔》："王子乔者，周灵王太子晋也。好吹笙，作凤凰鸣。游伊洛之间，道士浮丘公接以上嵩高山。三十余年后，求之于山上，见桓良曰：'奉告我家，七月七日待我于缑氏山岭。'至时，果乘白鹤驻山头，望之不得到，举手谢时人，数日而去。"

③"六花"句：六花，即雪花。雪花六瓣，故名。疏帘，指稀疏的竹织窗帘。

④"记取"二句：暖香，带有温暖气息的香味。这里借喻与妻子共度的美好时光。一晌，谓很短的时

间。寒岩，高寒的山崖。

【译文】

焚烧麝香所飘散出的烟在屋里荡漾，身披着大氅。新月渐渐长成满月，愁绪也在随之增长，锁在眉间，藏在心头。　　雪花斜扑上门帘，轻轻附于红毯之上。心里还沉浸在与妻子共度的美好时光，所以身体禁得起严寒。

清平乐·秋思（孤花片叶）

孤花片叶，断送清秋节。寂寂绣屏香篆[①]灭，暗里朱颜消歇。

谁怜散髻[②]吹笙[③]，天涯芳草关情[④]。懊恼隔帘幽梦，半床花月纵横。

【注释】

①香篆：即篆香，形似篆文之香。宋洪刍《香谱·香篆》："（香篆）镂木以为之，以范香尘为篆文，然于饮席或佛像前，往往有至二三尺径者。"又《百刻香》："近世尚奇者作香篆，其文准十二辰，分一百刻，凡燃一昼夜已。"

②散髻：即解散发髻。据言此为一种发式，由南朝齐王俭所创。

③吹笙：指饮酒。宋张元干《浣溪沙》："谚以窃尝为吹笙。"辽李齐贤《鹧鸪天·饮麦酒》："饮中妙诀人如问，会得吹笙便可工。"况周颐《蕙风词话》卷三："窃尝，尝酒也……《织馀琐

述》云：‘乐器竹制者唯笙，用吸气吸之，恒轻，故以喻窃尝。’”

④关情：动情、牵惹情怀。唐陆龟蒙《又酬袭美次韵》：“酒香偏入梦，花落又关情。”

【译文】

枝头残留着几片花与叶，秋天就要过去。锦绣屏风里的熏香已经燃烧殆尽，红颜也似乎要在秋天的时光中老去。　　谁来怜惜她披着头发独自吹笙的寂寞心情，天涯芳草承载着她的心事。一帘幽梦增添伤感，床上的落花在月色下显得凌乱。

清平乐·忆梁汾（才听夜雨）

才听夜雨，便觉秋如许。绕砌蛩螀人不语，有梦转愁无据①。

乱山千叠横江②，忆君游倦③何方。知否小窗红烛。照人此夜凄凉。

【注释】

①无据：不足凭、不可靠。

②横江：横陈江上，横越江上。

③游倦：犹倦游，指仕宦漂泊潦倒。

【译文】

才听见夜晚凄凉的雨声，便觉得秋色已深。蟋蟀和蝉在窗外不住地鸣叫，人在沉默中才回味刚才的梦境，被无端的愁绪干扰。　大江前方有山峦阻隔，不知道你的行程到达了何方。你是否知道我在红烛下思念着你，在秋雨飘落的夜晚独自体会凄凉。

清平乐·弹琴峡题壁（泠泠彻夜）

泠泠[1]彻夜[2]，谁是知音者。如梦前朝何处也，一曲边愁难写。　极天[3]关塞云中，人随雁落西风。唤取[5]红襟翠袖，莫教泪洒英雄。

【注释】

①泠泠：形容清凉、冷清，借指清幽的声音。

②彻夜：整夜，一夜。

③极天：指天之极远处，远处。

④关塞：边关，边塞。

⑤唤取：唤得、唤着。

【译文】

冷冷清清的长夜，谁是我的知音人。前朝如梦转眼又到了哪里，一曲边关的离愁着实让我难写。　那关塞远远的像是在天边的云层之中，我一个人随着北雁的鸣叫落寞地站在西风中。暂且唤来那青楼女子，别让眼泪淹没了英雄的豪情壮志。

清平乐·上元月蚀（瑶华映阙）

瑶华[1]映阙[2]，烘[3]散蓂墀[4]雪。比似寻常清景[5]别，第一团栾时节。　　影娥[6]忽泛初弦，分辉借与宫莲。七宝[7]修成合璧，重轮[8]岁岁中天[9]。

【注释】

①瑶（yáo）华：美玉。晋·葛洪《抱朴子·勖学》："故瑶华不琢，则耀夜之景不发。"此处借指入蚀之月仿佛是光彩照人的美玉一般。

②阙（què）：帝王的住所。

③烘：用火或蒸气使身体暖和或使物体变热、干燥。

④蓂墀（míng chí）：生有蓂荚的宫殿台阶。蓂，一种传说中的瑞草。墀，台阶上的空地，也指台阶。

⑤清景：清光。晋·葛洪《抱朴子·广譬》："三辰蔽于天，则清景暗于地。"又三国曹植《公宴》："明月澄清景，列宿正参差。"

⑥影娥：即影娥池，汉代未央宫中池名。此池本凿为玩月，后代指清可鉴月的水池。《三辅黄图·未央宫》："影娥池，武帝凿以玩月。其旁起望鹄台，以眺月影入池中，亦曰眺蟾台。"

⑦七宝：古代民间传说，月由七宝合成。唐·段成式《酉阳杂俎·天咫》："君知月乃七宝合成乎，月势如丸，其影日烁其凸处也，常有八万二千户修之。"

⑧重轮：月亮周围光线经云层冰晶折射而形成的光圈，古代以为祥瑞之象。

⑨中天：高空中，当空。《列子·周穆王》："王执化人之祛，腾而上者，中天乃止。"唐杜甫《后出塞》诗："中天悬明月，令严夜寂寥。"《红楼梦》第四十八回："月桂中天夜色寒，清光皎皎影团团。"陈毅《乐安宜黄道中闻捷》诗："半夜松涛动山岳，中天月色照须眉。"

【译文】

月光映彻宫阙，照在长着瑞草的殿阶前，雪白一片。与寻常月夜之景不同，这是一年第一个月圆时节。

忽然，影娥池中倒映出的天空如同初弦新月一样暗淡无光，只能借助庭院里的盏盏莲花似的宫灯增添光辉，七种珍宝缀饰成一轮圆月，月亮轮廓外围的光圈年年都悬在高空。

浪淘沙（红影湿幽窗）

红影湿幽窗，瘦尽春光[①]。雨余[②]花外却斜阳。谁见薄衫低髻子[③]？抱膝思量。　　莫道不凄凉，早近持觞[④]。暗思何事断人肠。曾是向他春梦里，瞥遇回廊[⑤]。

【注释】

①“红影”二句：意谓从小窗里望去，春雨打湿了红花，春光将尽了。瘦尽，以人之清瘦喻春天将尽。

②雨余：犹言雨后。

③低髻子：低垂的发髻，即指低垂着头。

④持觞：举杯。

⑤“曾是”二句：意谓让我伤心断肠的是，曾像春梦一样地在回廊里与她相遇。

【译文】

从小窗里望去，春天的雨是无尽的悲凉，这天却像是用这夜里的雨做成的。无端的又把愁绪添到心里，病体也病到心里。不知道究竟是为谁而羞愧?

柔情蜜意没有消歇过，可它却难以实现。楼上珠帘四面高卷，明月朗照。暗地里回忆着欢乐的日子就像梦一般，让我伤心断肠。

浪淘沙（眉谱待全删）

眉谱待全删，别画秋山[①]。朝云渐入有无间[②]。莫笑生涯浑似梦，好梦原难。　红咮[③]啄花残，独自凭阑。月斜风起袷衣[④]单。消受春风都一例，若个[⑤]偏寒？

【注释】

①“眉谱”二句：眉谱，古代女子描画眉毛的图谱。秋山，秋天里的远山山形、山色。古诗文中常以之喻年轻女子的眉毛。此二句意谓那供描眉参看的眉谱全可不要，她另画出了美丽动人的眉形。亦可解为眼前的秋山像眉谱中所无的、别有一种风情的眉形。

②“朝云”句：意谓那画出的独特样式的眉毛，好像是笼罩着朝云的远山，脉脉含情了。朝云，早晨之云。又指巫山神女。详见宋玉《〈高唐赋〉序》。故这里喻有男女情事之意。又此句亦可解作那远山笼罩上早晨的流云。

③咮：鸟的嘴。

④袷衣：即夹衣。

⑤若个：哪个、何处。清赵翼《中秋夕感作》："一家依旧团月，怜汝孤魂若个边？"

【译文】

她放弃了眉谱里所有的样式，另外独出机杼，把眉毛画出自己的样子。那画出的独特样式的眉毛，好像是笼罩着朝云的远山，脉脉含情。眼前之景却引出生涯若梦和好梦也难得的愁绪。　　春天将残了，但在月夜里仍感单寒，虽不言孤凄，而孤凄之情已见。春风吹过的时候，哪个不感觉寒冷呢。

浪淘沙（紫玉拨寒灰）

紫玉[①]拨寒灰，心字[②]全非。疏帘[③]犹是隔年垂。半卷夕阳红雨[④]入，燕子来时。　　回首碧云西，多少心期[⑤]，短长亭外短长堤。百尺游丝[⑥]千里梦，无限凄迷[⑦]。

【注释】

①紫玉：指紫玉钗。

②心字：心字香，古人将盘香制成心字形。

③疏帘：指编织稀疏的竹帘。

④红雨：红色的雨，喻指落花。李贺《将进酒》："况是青春日将暮，桃花乱落红如雨。"

⑤心期：心愿、心意。卢祖皋《木兰花慢》："正红叶漫山，清泉漱石，多少心期。"

⑥游丝：飘荡的丝。一说柳枝。李弥逊《蝶恋花》："百尺游丝当秀户，不系春晖，只系闲愁住。"

⑦凄迷：怅惘，迷惘。

【译文】

心如死灰，拔下紫玉钗轻轻拨弄着灰烬，期冀着还有一丝余火能够燃起，却最终将灰拨得面目全非。窗上那袭竹帘不知多少时辰再没卷起，恍如已过了多年。慢慢地将它卷起，一斜夕阳的余晖洒落了一地，落花飞舞，燕子呢喃，却原来已是暮春时节。　　眼望着西天的云彩，心中盘算着归人的归期，一次次的盼望，一次次的失望，有多少惆怅辗转于胸。高楼望断，只看到长亭接着短亭，长堤连着短堤，却见不到归来的身影。多想在梦中追随着远方的那人，醒来后却留下无休无尽的迷惘。

浪淘沙（夜雨做成秋）

夜雨做成秋，恰上心头，教他珍重护风流[①]。端的[②]为谁添病也，更为谁羞？　　密意[③]未曾休，密愿难酬。珠帘四卷[④]月当楼。暗忆欢期真似梦，梦也须留。

【注释】

①风流：指美好动人之风韵。前蜀花蕊夫人《宫词》之三十："年初十五最风流，新赐云鬟使上头。"

②端的：究竟、到底。

③密意：隐秘的情意。

④珠帘四卷：谓楼阁四面的珠帘卷起。

【译文】

淅淅沥沥的夜雨，滴答出一个寒秋，也恰好将深深的思念，洒上我心头。你一定保护好绰约的风姿。你究竟为谁才生了病？又是为谁才如此娇羞？　　珍藏的心意不曾休止，心中的愿望难以实现。我卷起四周的珠帘，且让月光洒满小楼。回想起欢聚的日子，纵然是梦，我也要竭力挽留。

浪淘沙（清镜上朝云）

清镜[①]上朝云，宿篆[②]犹薰。一春双袂尽啼痕，那更夜来山枕[③]侧，又梦归人。　　花底病中身，懒约溅裙[④]，待寻闲事度佳辰，绣榻重开添几线，寂掩重门。

【注释】

①清镜：明亮的镜子。

②宿篆：夜来点燃的篆香。谓朝云映到了明镜里，夜来焚烧的篆香还未燃尽。

③山枕：一种枕头，两端似山峰耸起，故得名。温庭筠《更漏子》："山枕腻，锦衾寒，觉来更漏残。"

④溅裙：即溅裙人，指代女主人公的闺中女伴或其情人。典出《北齐书·窦泰传》："窦泰之母有娠，期而不产，大惧。有巫曰：'渡河湔裙，产子必易。'泰母从之，俄而生泰。此事流传甚广，渐成风俗，女子有孕后必到河边洗裙，以求顺产。"又，唐

李商隐《柳枝词序》载，洛中里女子柳枝央请商隐之弟李让山代自己约李商隐相见，约定三日后会面，以“溅裙水上”为标记。这里的“溅裙人”指代所爱的女子。宋高观国《玉楼》：“十年春事十年心，怕说溅裙当日意。”这里的“溅裙人”指闺中女伴。

【译文】

朝云映在明亮的镜子中，昨天夜里焚烧的篆字香依旧散发着香气。整整一个春天，因为相思的愁苦，双袖上始终沾满斑斑泪痕，更难过的是，昨夜见情郎归来，醒来却发现空是一场梦。　　春日愁思成病，懒于和闺中女伴相约游玩，想要找些事情打发时间，于是便在绣品上添了几针，又把旧日的乐谱翻成新曲。

减字木兰花·新月（晚妆欲罢）

晚妆[①]欲罢，更把纤眉[②]临镜画。准待[③]分明[④]，和雨和烟两不胜[⑤]。　　莫教星替，守取团圆[⑥]终必遂。此夜红楼，天上人间一样愁。

【注释】

①晚妆：女子梳理晚妆。

②纤眉：纤细的柳眉。

③准待：准备等待。

④分明：清楚。

⑤不胜：不甚分明。

⑥守取团圆：本指等到月圆时，这里双关，另一层意思是与意中人团圆。

【译文】

晚妆梳罢，又手执画笔。镜中，你的纤纤柳眉，是否正如窗外的一弯新月。回首天边，烟雨正朦胧，让人看不分明的，是藏在烟雨后的一弯新月。　　这样的夜空，不需要有星星，和我一起守着永恒誓言的。终不能与意中人团圆。寂静的夜，寂寞的小楼。茫茫人间，你我同样的哀愁。想必也如天边的那弯新月。

◎ **创作背后的故事**

这首词是纳兰为亡妻卢氏所作。词中“莫教星替”之语出自李商隐的《李夫人》，诗中说“惭愧白茅人，月没教星替”，李商隐借吟咏他人之事，抒发自己的忠贞志意。“月没”是指他的妻子王氏已死，而自己不愿以星代月，无心续弦。纳兰引出此语，同是表达妻子已死，自己心中的爱情也随之离开。虽然天人永诀，仍然寄希望于和妻子片刻的团圆。

减字木兰花（烛花摇影）

烛花摇影[①]，冷透疏衾[②]刚欲醒。待不思量[③]，不许孤眠不断肠[④]。　　茫茫碧落[⑤]，天上人间情一诺[⑥]。银汉[⑦]难通，稳耐风波愿始从[⑧]。

【注释】

①烛花摇影：谓烛影晃动。

②疏衾（qīn）：单薄的被子。

③“待不”句：谓打算不去思念对方。

④“不许”句：谓孤眠没有不断肠的，即孤眠总是断肠。

⑤碧落：青天。“碧落”是道家所称东方第一层天，因碧霞满空而称“碧落”。

⑥“天上”句：指超越生死的爱情誓言。据陈鸿《长恨歌传》载，天宝十年七月七日之夜唐明皇与杨贵妃在骊山行宫，因感牛郎织女之事而相许永结同心。一诺，指说话守信用。《史记·季布传》：“楚

人谚曰：得黄金百斤，不如季布一诺。”

⑦银汉：银河。

⑧“稳耐”句：谓甘愿忍受人生的患难，一切从头开始。耐，忍受。风波，喻指忌难。愿，愿望。始，才。从，遂愿。

【译文】

孤灯明灭，冷夜孤枕，欲睡还醒，不能思量，思量就会断肠。　　天上人间，阴阳两隔，即使一诺千金也换不回原来的生活。渴盼能够相逢重聚，即使要忍耐着银河里的风波，也甘愿从头开始。

减字木兰花（相逢不语）

相逢不语，一朵芙蓉着秋雨。小晕红潮，斜溜鬟心[①]只凤翘[②]。

待将低唤，直为[③]凝情[④]恐人见。欲诉幽怀，转过回阑[⑤]叩玉钗。

【注释】

①鬟心：鬟髻的顶心。

②凤翘：古代女子凤形的首饰，或者冠帽上插的鸟羽装饰。

③直为：只是因为。

④凝情：情意专注，这里指深细而浓烈的感情。

⑤回阑：即回栏，曲折的栏杆。

【译文】

相逢时你默默不语，像一朵芙蓉，在秋雨中轻颤。容颜娇羞而红润，凤翘斜插在你的鬟间。　　等到想要低声唤你，又怕深情凝望，叫别人看见。想要一诉离愁，可你已转过身去，只能拔下玉钗在回阑轻叩。

◎ **创作背后的故事**

据清代无名氏《赁庑笔记》记载："纳兰眷一女，绝色也，有婚姻之约。旋此女入宫，顿成陌路。纳兰愁思郁结，誓必一见，了此夙因。会遭国丧，喇嘛每日应入宫唪经，纳兰贿通喇嘛，披袈裟，居然入宫，果得彼妹一见。而宫禁森严，竟不能通一语，怅然而出。"

表妹从小和纳兰两小无猜，过着无忧无虑的日子，还记得表妹曾暗示纳兰的那句："清风朗月，辄思玄度。"只可惜年幼的纳兰当时并未理解其中真正的含义。后来表妹因选秀而入深宫，二人从此成陌路，天涯两端。因国丧，皇宫要大办道场，纳兰利用此次机会得以和表妹相见。咫尺间隔，却只有"相逢不语"，而这一相逢，更无情地成为他们的最后一见。

减字木兰花（断魂无据）

断魂[①]无据[②]，万水千山何处去？没个音书[③]，尽日[④]东风上绿除[⑤]。　　故园[⑥]春好，寄语[⑦]落花须[⑧]自扫。莫更伤春，同是恹恹[⑨]多病人。

【注释】

①断魂：销魂，忧伤的梦魂。

②无据：没有凭据。

③音书：音信，书信。

④尽日：终日，整天。

⑤绿除：长满绿草的台阶。除，台阶。

⑥故园：故乡。

⑦寄语：传话，转告。

⑧须：需要。

⑨恹恹（yān yān）：精神不振的样子。

【译文】

又是离歌，一阕长亭暮。没有根据的忧伤。万水千山面前，他是个漂泊的人。青鸟不传云外信，已有数月。

你相信，必有菊，开在家园的南山。必有落花，飘若伊人的裙裾。只是，再也不能伤春。病中，空空的杯盏，装满天涯，装满故乡，装满八月一五的月光。

减字木兰花（花丛冷眼）

花丛冷眼[①]，自惜寻春[②]来较晚。知道今生，知道今生那见卿。　　天然绝代，不信相思浑不解[③]。若解相思，定与韩凭[④]共一枝。

【注释】

①冷眼：冷淡、冷漠。

②寻春：游赏春景。

③浑不解：犹言全不解。

④韩凭：又作韩朋、韩冯等。晋干宝《搜神记》卷十一载："战国时宋康王舍人韩凭娶妻何氏，甚美，康王夺之。凭怨，王囚之，沦为城旦。凭自杀。其妻乃阴腐其衣，王与之登台，妻遂自投台下，左右揽之，衣不中手而死。遗书于带，愿以尸骨赐凭合葬。王怒，弗听，使里人埋之，冢相望也。宿昔之间，便有大梓木生于两冢之端，旬日而大盈抱，屈体相就，根交于下，枝错于上。又有鸳鸯，雌雄各一，

恒栖树上，晨夕不去，交颈悲鸣，音声感人。宋人哀之，遂号其木曰‘相思树’。”后人以此故事用于男女相爱、生死不渝之情事。

【译文】

若是知道前世约定的人终会在灯火阑珊处出现，谁会在今生来一场繁华的等待呢？在华灯初上的街市甚至杳无人迹的阡陌，都有可能发生着各种形式的邂逅。

人生最美好的相遇莫过于灵魂相遇，而灵魂默契的人最终的结局通常是分别，彼此深深交契，却无缘擦身而过。所以人生最无奈的相遇莫过于朝夕相处，生活中各取所需，灵魂却完全陌生。只是今生已经错过了的两个人，来生真的会再次刻骨铭心地相逢吗？

鹧鸪天（独背残阳上小楼）

独背残阳上小楼，谁家玉笛韵偏幽？一行白雁[①]遥天暮，几点黄花满地秋。　　惊节序，叹沉浮，秾华[②]如梦水东流。人间所事堪惆怅，莫向横塘[③]问旧游[④]。

【注释】

①白雁：候鸟。体色纯白，似雁而小。

②秾华：指女子青春美貌。

③横塘：古堤名。情诗中常提及此堤。

④旧游：从前游玩过的地方。

【译文】

独上小楼，背后是红红的斜阳，不知道哪里传来的音乐，是笛子曲，韵律幽幽。天上是暮色沉沉，一行白雁在飞；地上是秋景萧瑟，几点黄花堆积。　　季节代谢，人生沉浮，总是惹人伤感，好事情总是才一来到就马上消失了，像梦一样容易破灭，像河水东流一样不可逆转。南方的老朋友啊，你看，我有这么多的事情需要发愁，可我还是很惦记你呀。

鹧鸪天（别绪如丝睡不成）

别绪如丝睡不成，那堪孤枕梦边城[1]。因听紫塞三更雨，却忆红楼[2]半夜灯。　书郑重，恨分明，天将愁味酿多情。起来呵手[3]封题处[4]，偏到鸳鸯两字冰。

【注释】

①边城：临近边界的城市。

②红楼：指绘有艳丽彩画的楼阁。苏轼《水龙吟》：“小舟横截春江，卧看翠壁红楼起。”这里代指家中的楼阁。

③呵手：谓天气寒冷，用嘴呵气暖手。

④封题处：指在书信的封口签押之处。

【译文】

分别的愁绪丝丝缕缕，理不清，剪不断，让人辗转难眠。更何况在小小的边城又孤枕。深夜的边塞，雨声淅淅沥沥。此时，家中楼阁里，她，是否也一样独对孤灯。　　深深情，离别恨，待要写来，笔端凝重。上天将这离别的愁滋味，都酿成了多情之酒，又如何能一饮而尽。巾短情长，纵有写不完的情话，诉不尽的相思，尺笺如何能言尽。站起身来，用嘴呵气暖手封缄。偏偏触到鸳鸯两个字，心，顿时如坠冰窟。

鹧鸪天（冷露无声夜欲阑）

冷露[1]无声夜欲阑，栖鸦不定朔风寒。生憎画鼓[2]楼头急，不放征人梦里还。　　秋淡淡[3]，月弯弯，无人起向月中看。明朝匹马[4]相思处，知隔千山与万山。

【注释】

①冷露：清凉的露水。

②画鼓：有彩绘的鼓。

③淡淡：水波荡漾的样子。

④匹马：一匹马，后常指单身一人。

【译文】

塞外之秋，一片萧疏冷落。衰草连天，寒霜遍布。入夜，风凉露冷，离人心意犹如秋风秋雨之中的颠沛残叶，凄惶不安。辗转睡下，又有更鼓在楼头急响，直捣夜幕人心。才梦得还乡之境便瞬间消逝难寻。　　本是秋意浅淡之时眉月相照。可如今我身处塞外，明日又要赶路，且越行越远，山山水水相隔，更难知归程。不禁深感悲凉。

于中好（握手西风泪不干）

送梁汾南还，为题小影。

握手西风泪不干，年来多在别离间[1]。遥知独听灯前雨，转忆同看雪后山[2]。　　凭寄语，劝加餐，桂花时节约重还。分明小像沉香缕，一片伤心欲画难[3]。

【注释】

①“年来”句：纳兰为侍卫之臣，护驾出巡是经常的事，仅清康熙十九年至二十年（1680—1681），纳兰即先后随从皇帝巡幸巩华城、遵化、雄县等地，故云与好友“多在别离间”。

②“遥知”二句：意谓遥想你正独自对着孤灯，听着秋雨，寂寞无聊，但转头一想，你我曾经雪后看山，亲密共处，亦可为一大安慰了。

③“分明”二句：意思是你的小像在缕缕沉香的

轻烟里历历可见，但那伤情却是无从画出的。一解以为“为题小影”是顾梁汾为性德小像题照。

【译文】

我总是护驾出巡，多年来总是和你分别。遥想你正独自对着孤灯，听着秋雨，寂寞无聊，但转头一想，你我曾经雪后看山，亲密共处，亦可为一大安慰了。

要记得我的嘱咐，按时进餐，桂花时节我就会归来。你的小像在缕缕沉香的轻烟里历历可见，但那伤情却是无从画出的。

于中好·咏史（马上吟成促渡江）

马上吟成促渡江，分明闲气属闺房[①]。生憎久闭金铺暗，花冷回心玉一床[②]。　　添哽咽，足凄凉[③]。谁教生得满身香[④]。只今西海[⑤]年年月，犹为萧家[⑥]照断肠。

【注释】

①“马上”二句：辽代皇后多姓萧，且多有被黜者，其中道宗皇后，小字观音，有姿色，能诗善乐舞，曾作诗《伏虎林应制》，其句云：“威风万单压南邦、东云能翻鸭绿江。”讽谏皇帝之好猎。闲气，《春秋孔演图》谓：“正气为帝，闲气为臣。”闺房，本指女子之卧房，此处代指萧观音。此二句意思是皇后骑在马上吟成诗句，催促皇帝挥戈渡江。从而帝后失和，生了闲气。

②“生憎”二句：生憎，最恨、偏恨。唐卢照邻《长安古意》：“生憎帐额绣孤鸾，好取门帘帖双燕。”金铺暗，萧观音被谗而死，死前作有十首《回

心词》，其一有："扫深殿，闲久铜铺暗"之句（见《焚椒录》）。金铺，门之美称。唐包佶《朝拜元殿》："宫前石马对中峰，云里金铺闭几重。"回心，指回心院。高宗之王皇后及淑妃萧氏被武则天幽囚，高宗去偷看她们，她们便要求高宗将囚室改名"回心院"，以示高宗回心转意（见《新唐书·王皇后传》）。玉一床，喻满床清冷的月色。萧观音《回心词·其七》有"笑妾新铺玉一床"句。玉，此处代指月色。宋黄庭坚《念奴娇》："万里青天，姮娥何处。驾此一轮玉。"此二句意谓萧观音被幽囚冷宫，宫门紧闭，凄清孤苦，只有一床明月相守。

③足凄凉：用王彦泓（次回）《寒踪》："自怜身世凄凉足，单占名花第一名"句意。

④"谁教"句：萧观音《回心词·其九》："若道妾身多秽贱，自沾御香香彻肤。"

⑤西海：本指传说中之西方神海。此处指帝京中之太掖池。唐长安城北大明宫含凉殿北（今西安市东北）有太掖池，池分东、西两部，西部较大，称西海。又，今北京之北海、中海、南海元明时亦称太掖池，因其在皇城之西，故又称西苑、西苑太掖池、西

海子。从词意看，这里大约是指北京之西海子。

⑥萧家：指萧观音家。

【译文】

皇后骑在马上吟成诗句，催促皇帝挥戈渡江。从而帝后失和，生了闲气。萧观音被幽囚冷宫，宫门紧闭，凄清孤苦，唯有一床明月相守。　　帝后虽位在至尊，但其实只是皇帝的附属物，她们的命运大都是操于皇帝之手。辽代宫中帝后多出萧家，其中辽懿德皇后观音，才色绝伦，但被谗而死，无善终。

临江仙（丝雨如尘云著水）

丝雨如尘云著水，嫣香碎拾吴宫[①]。百花冷暖避东风，酷怜娇易散，燕子学偎红[②]。　　人说病宜随月减，恹恹[③]却与春同。可能留蝶抱花丛，不成双梦影，翻笑杏梁空[④]？

【注释】

①“丝雨”二句：意谓细雨蒙蒙，云中夹带着水汽，吴宫里残花散落满地。嫣香，娇艳芳香的花。

②“酷怜”二句：此言最让人怜惜的是那娇美的宫花极易败落，故而连小燕子也学着人的样子怜惜起花来，它紧紧依偎在花下。偎红，紧贴着红花。

③恹恹：精神萎靡不振貌。

④“不成”二句：意谓燕子成双成对地飞去了，反而笑那屋宇梁上空空。杏梁，用文杏木制成的屋梁。宋晏殊《采桑子》：“燕子双双，依旧衔泥入杏梁。”

【译文】

细雨蒙蒙，云中夹带着水汽，吴宫里残花散落了满地。最让人怜惜的是那娇美的宫花极易败落，故而连小燕子也学着人的样子怜惜起花来，它紧紧依偎在花下。

听人说这病会随着时间而减弱，可是精神萎靡不振的样子如同现在的季节。燕子成双成对地飞去了，反而笑那屋宇梁上空空。

临江仙·谢饷[①]樱桃（绿叶成阴春尽也）

绿叶成阴春尽也，守宫[②]偏护星星。留将颜色慰多情，分明千点泪，贮作玉壶冰[③]。　　独卧文园方病渴，强拈红豆酬卿[④]。感卿珍重报流莺，惜花须自爱，休只为花疼[⑤]。

【注释】

①谢饷：感谢赠送。

②守宫：即守宫槐。俗称马缨花。其叶白日聚合，夜间舒展。《尔雅·释木》：“守宫槐叶昼聂宵炕。”郭璞注：“槐叶昼日聂合而夜炕布者，名为守宫槐。”郝懿行义疏：“《御览》引晋儒林祭酒。”杜行斋说：“在朗陵县南，有一树，似槐，叶昼聚合相著，夜则舒布而守宫也。”此处借喻浓密的枝叶。此二句意谓春天去了，绿叶成荫，浓密的枝叶偏偏遮掩了粒粒樱桃。

③“留将”三句：谓留下鲜红的樱桃慰问我这多情的人，樱桃分明是送来千里外友情的泪水，这泪水

又化作了浓香的醇酒。玉壶冰，酒名。清吴伟业《戏题仕女图》之五：“四壁萧条酒数升，锦江新酿玉壶冰。”

④“独卧”二句：谓我这里正失意而病卧，蒙你盛情馈送了樱桃，我强拈着它以示对你的酬答。文园病渴，谓文人落魄，病困潦倒。此处以司马相如自喻。红豆，代指樱桃。

⑤“感卿”三句：意谓在这黄莺啼遍的时候，感谢你如此珍重友情，不过亦当善自珍重，怜爱花开须当自爱，莫只是为花落而生悲。

【译文】

春天去了，绿叶成荫，浓密的枝叶偏偏遮掩了粒粒樱桃。留下鲜红的樱桃慰问我这多情的人，樱桃分明是送来千里外友情的泪水，这泪水又化作了浓香的醇酒。

我这里正失意而病卧，蒙你盛情馈送了樱桃，我强拈着它以示对你的酬答。在这黄莺啼遍的时候，感谢你如此珍重友情，不过亦当善自珍重，怜爱花开须当自爱，莫只是为花落而生悲。

临江仙·寒柳（飞絮飞花何处是）

飞絮飞花何处是？层冰[①]积雪摧残。疏疏一树五更寒。爱他明月好，憔悴也相关[②]。　　最是繁丝摇落后，转教人忆春山。湔裙梦断续应难。西风多少恨，吹不散眉弯。

【注释】

①层冰：犹厚冰。

②相关：彼此关联，相互牵涉，相互关心。

【译文】

柳絮杨花随风飘到哪里去了呢？原来是被厚厚的冰雪摧残了。五更时分夜阑风寒，这株柳树也显得凄冷萧疏。皎洁的明月无私普照，不论柳树是繁茂还是萧疏，都一般关怀。　　最是在繁茂的柳丝摇落的时候，我更免不了回忆起当年的那个女子。梦里又见当年和她幽会的情景，但是好梦易断，断梦难续。遂将愁思寄给西风，可是，再强劲的西风也吹不散我眉间紧锁的不尽忧愁。

临江仙·寄严荪友（别后闲情何所寄）

别后闲情何所寄，初莺早雁[①]相思。如今憔悴异当时，飘零心事，残月落花知。　　生小不知江上路，分明却到梁溪[②]。匆匆刚欲语分携，香消梦冷[③]，窗白一声鸡。

【注释】

①初莺早雁：初莺，借喻春暮之时。早雁，借指秋末之日。此谓春去秋来，无日不相思念友。

②“生小”二句：意谓自己生来不知江南之路，却梦里到了梁溪。梁溪，此处代指荪友的家乡。

③香消梦冷：谓一梦醒来。香消，形容梦中温馨的情谊消逝了。梦冷，梦断、梦醒。

【译文】

春去秋来，我没有一天不在思念好友严绳孙，以至于形容憔悴，与以前判若两人。心中的孤独落寞之感，恐怕只有零落的残花知晓。　　自己生来并不知道通往江南的路，却在梦中来到梁溪。我刚要与好友倾诉别后的相思之意，却突然从美梦中醒来，只听得窗外传来一声雄鸡的鸣叫声，天边已经显出了鱼肚白。

◎ **创作背后的故事**

这首词作于严绳孙返回江南之后，作者作此词相赠。

临江仙·孤雁（霜冷离鸿惊失伴）

霜冷离鸿[①]惊失伴，有人同病相怜。拟凭[②]尺书寄愁边。愁多书屡易，双泪落灯前。　　莫对月明思往事，也知消减年年。无端嘹唳[③]一声传。西风吹只影，刚是早秋天。

【注释】

①离鸿：失群的大雁。宋周邦彦《浪淘沙慢》："念汉浦离鸿去何许？经时信音绝。"

②"拟凭"二句：意谓拟书信排遣愁怀，但愁绪太多，写了又写，屡写屡改。

③嘹唳：声音响亮而凄清。这里指孤雁叫声。宋梅尧臣《范饶州夫人挽词》之一："江边有孤鹤，嘹唳独伤神。"

【译文】

一只大雁脱离了雁群，有人和它同病相怜。我想要用书信来遣释忧愁，但是繁多的愁绪令我把文字改了又改，两行泪水落在了如豆的灯光之下。　　不要对着明月回想往事，知道回忆年年消耗着我的生命，无端传来大雁响亮而凄凉的叫声，秋风吹着它孤寂的身影，这才刚刚是早秋的天气。

临江仙（点滴芭蕉心欲碎）

点滴芭蕉心欲碎，声声催忆当初①。欲眠还展旧时书②。鸳鸯小字，犹记手生疏③。　　倦眼乍低缃帙乱，重看一半模糊④。幽窗冷雨一灯孤⑤。料应情尽，还道有情无？

【注释】

①“点滴”二句：点滴芭蕉，雨打芭蕉。杜牧《芭蕉》：“芭蕉为雨移，故向窗前种。”李清照《添字采桑子（芭蕉）》：“伤心枕上三更雨，点滴霖霪。点滴霖霪。愁损北人，不惯起来听。”此谓夜雨唤起对于往事的思忆。

②“欲眠”句：旧时书，检阅旧时情书。蔡伸《生查子》：“看尽旧时书，洒尽此生泪。”同此。

③“鸳鸯”二句：追忆当初书写鸳鸯二字的情景。

④“倦眼”二句：缃帙（xiāng zhì），套在书上的浅黄色布套，此代指书卷。萧统《文选序》：“词人才子，则名溢于缥囊。飞文染翰，则卷盈乎缃

帙。”二句重拍，格式不变，意思变。即由对于往事的思忆，转到当前。谓散乱的卷册，卷眼重重，已是一片模糊。

⑤“幽窗”句：幽窗，幽静的窗户。朱淑真《即景》：“竹摇清影罩幽窗，两两时禽噪夕阳。”汤显祖《牡丹亭》：“愁万种，冷雨幽窗灯不红。”此以幽、冷、孤，亟见其凄寂景况。

【译文】

窗外，雨打芭蕉的点滴声，使我记起了当初的情景，让我的心都快要碎了。临睡前又翻检旧时书信，看着那写满相思情意的书笺，便记起当时她初学写鸳鸯二字的模样。　　看着这些散乱的书册，不禁泪眼模糊。在这个冷冷的雨夜里，幽暗的窗前，我点着一盏孤灯。原以为情缘已尽，可谁又道得清究竟是有情还是无情呢？

◎ **创作背后的故事**

作者此词写于雨夜，怀念逝去的妻子。纳兰相知相守了三年的妻子突然离开了人世，从此天人两隔。回想起当时灯下教妻习字的情景，他泪满衣襟，写下此词。夜雨淅沥，敲打着院中的芭蕉，也一声声敲在他的心上。

临江仙（昨夜个人曾有约）

昨夜个人[1]曾有约，严城[2]玉漏[3]三更。一钩新月几疏星。夜阑犹未寝，人静鼠窥灯[4]。　　原是瞿唐[5]风间阻，错教人恨无情。小阑干外寂无声。几回肠断处，风动护花铃[6]。

【注释】

①个人：那人。

②严城：戒备森严的城。

③玉漏：漏壶，古代的计时器。

④鼠窥灯：形容环境寂静荒僻。用秦观《如梦令》“梦破鼠窥灯”意。

⑤瞿唐：亦作“瞿塘峡”。为长江三峡之首，两岸悬崖壁立，水速风疾，中有滟预堆，古时行船者常在此遇难，这里来比喻阻隔约会的意外变故。

⑥护花铃：为保护花朵驱赶鸟雀而设置的铃。

【译文】

昨夜和那人相约，时间缓缓流淌，已经深夜。一轮新月挂在天际，周围寥寥几颗孤星。夜色将近，人未眠，在这三更时分，所有人都睡下，寂静无声的夜里，老鼠窸窸窣窣的声音令我焦虑不安。　　我猜想是瞿塘峡那样艰险遥远的道路阻隔约会的意外事故，让我错怪他的无情。阑干外，听不到来人的声音，寂静无声，未能听到风吹护花铃的声响，让人不禁断肠泪下。

菩萨蛮（梦回酒醒三通鼓）

梦回酒醒三通鼓，断肠啼鴂[1]花飞处。新恨隔红窗，罗衫泪几行。　　相思何处说[2]，空有当时月。月也异当时，团栾[3]照鬓丝[4]。

【注释】

①啼鴂：杜鹃鸟啼鸣。相传此鸟为蜀主望帝魂化，春末夏初，众芳纷谢时啼叫，其声惹人生悲。

②“相思”句：韦庄《应天长》“暗相思，无处说，惆怅夜来烟月”，韦庄词意正和纳兰心境景况相合，所以用来贴切入神。

③团栾：指明亮的圆月，旧俗称农历八月十五日为团圆节。

④鬓丝：鬓发。

【译文】

三更鼓之时酒醒梦回，伤痛彻骨，酒也不能彻底麻痹。此刻耳边偏又传来杜鹃的悲啼之声，伤情益增，离愁倍添，人怎么能不清泪涟涟。　　但此情此怨又无处可说，当头之明月犹在，却与那时不同。它现在只是照映着孤独一人了。

菩萨蛮（隔花才歇廉纤雨）

隔花才歇廉纤[1]雨，一声弹指[2]浑无语。梁燕自双归，长条脉脉垂。　　小屏山色远，妆薄[3]铅华浅。独自立瑶阶[4]，透寒金缕鞋[5]。

【注释】

①廉纤：细小，细微。借指细雨。

②弹指：指极短暂的时间。

③妆薄：谓淡妆。

④瑶阶：本指玉砌的台阶，后为石阶之美称。

⑤金缕鞋：绣织有金丝的鞋子。南唐李煜《菩萨蛮》：“刬袜步香阶，手提金缕鞋。”

【译文】

春天送来绵绵细雨，让你久坐闺中，辜负了美好的芳春。天晴的时候，双燕已归，柳枝低垂。　　一春弹泪话凄凉。寒夜到来，你掩上望归的门。默默地，朱粉不深匀，闲花春。想他的时候，你独自站在瑶阶上。柔肠已寸寸，粉泪已盈盈。

菩萨蛮（新寒中酒敲窗雨）

新寒中酒[1]敲窗雨，残香细袅秋情绪。才道莫伤神，青衫湿一痕[2]。　　无聊成独卧，弹指韶光过[3]。记得别伊时，桃花柳万丝。

【注释】

①中酒：犹酒酣，非醉非醒之状态。

②“青衫”句：谓由于伤心而落泪，致使眼泪沾湿了衣裳。青衫，古代学子或官位卑微者所穿的衣服。白居易《琵琶行》：“座中泣下谁最多，江州司马青衫湿。”

③“弹指”句：弹指，极短的时间。本为佛家语。《翻译名义集·时分》：“《僧祇》云，十二念为一瞬，二十瞬为一弹指。”韶光，美好的时光，此处指春光。

【译文】

冷雨敲窗。屋内，烛光摇曳，残香仍袅袅，伊人已不在。风雨，化作黄叶飘去。刚刚还在劝慰自己，不要黯然神伤。由于伤心而落泪，致使眼泪沾湿了衣裳。

回想与伊人分别的时候，正是人面桃花相映红的三月。那姹紫嫣红的小园外，杨柳如烟，丝丝弄碧。

菩萨蛮（催花未歇花奴鼓）

催花未歇花奴[①]鼓，酒醒已见残红舞[②]。不忍覆[③]余觞[④]，临风泪数行。　　粉香[⑤]看又别，空剩当时月。月也异当时，凄清照鬓丝。

【注释】

①花奴：唐玄宗时汝阳王李琎的小字。李琎善羯鼓，玄宗特钟爱之，曾说："花奴姿质明莹，肌发光细，非人间人，必神仙谪堕也。"（见《羯鼓录》）又，玄宗尝于二月初一晨，见宫中景色明丽，柳杏将吐，遂命高力士取羯鼓临轩纵击一曲《春光好》，曲终，花已发坼。玄宗说："此一事不唤我作天公可乎？"元马祖常有"催花羯鼓变新声"（见《宫词》）之句。这里是说筵席之上击鼓为乐，以助酒兴。

②残红舞：指花落。

③覆：倾翻酒杯，指饮酒。

④余觞：杯中所剩残酒。

⑤粉香：代指钟爱的女子。

【译文】

花奴鼓未停歇，催促着百花开放。到了酒醒之时，却发现落花飘飞。不忍饮尽杯中所剩残酒，风吹来不禁流下几行泪水。 眼看着心爱的女子又要离我而去，只剩下月亮陪伴着我。但月亮已与当时不同了，凄清惨淡的光线，照着我已染风霜的鬓角。

菩萨蛮（窗前桃蕊娇如倦）

窗前桃蕊娇如倦，东风泪洗胭脂面。人在小红楼，离情唱《石州》[①]。　　夜来双燕宿，灯背屏腰绿[②]。香尽雨阑珊[③]，薄衾寒不寒？

【注释】

①《石州》：指乐府七调之一的商调曲名。商调之音凄怆哀怨，多表达凄清伤感之情。李商隐《代赠》："东南日出照高楼，楼上离人唱《石州》。"

②"灯背"句：绿，指乌黑发亮的颜色，古诗词中多以之形容乌黑的头发。如唐李商隐《戏题枢言草阁三十二韵》："年颜各少壮，发绿齿尚齐。"宋晏几道《生查子》："君貌不长红，我鬓无重绿。"但此处引申为昏暗不明。即谓双燕背灯而宿，其双双身影落到了屏风中间（屏腰）会呈现出昏暗不明之景象。

③雨阑珊：雨将尽。宋贺铸《小重山》："歌断

酒阑珊，画船箫鼓转，绿杨湾。”

【译文】

窗外桃花绽放，花蕊娇嫩的姿态带着几分倦意。春风徐来，仿佛是女子梳洗时楚楚可怜的模样。独自站在小红楼，唱起《石州》曲。　　夜晚来临，燕子双双回到梁上栖宿，而她却一个人看着灯影映照的屏风。熏香逐渐烧尽，春雨也即将停歇，她盖着薄薄的被子，是否感到寒意来袭？

菩萨蛮（朔风吹散三更雪）

朔风[①]吹散三更雪，倩魂[②]犹恋桃花月[③]。梦好莫催醒，由他[④]好处[⑤]行。　　无端[⑥]听画角[⑦]，枕畔红冰[⑧]薄。塞马[⑨]一声嘶，残星拂大旗[⑩]。

【注释】

①朔风：边塞外凛冽的北风。

②倩魂：少女的梦魂，典出唐人小说《离魂记》。此处指作者自己的梦魂。

③桃花月：即桃月，农历二月桃花盛开，故称。此处代指美好的时光。

④由他：任他，听凭他。

⑤好处：指美梦中的景象。

⑥无端：平白无故。

⑦画角：古代乐器，外加彩绘，故称画角，古时军中多用以警昏晓。

⑧红冰：泪水结成的冰，形容感怀之深。《开元

天宝遗事》：“贵妃初承恩召，泣涕登车，时天寒，泪结为红冰。”

⑨塞马：边塞的战马。

⑩大旗：军中的旗帜。

【译文】

凛冽的北风，将三更天还在飘落的大雪吹得四散飞扬。在梦中，相思之人还在迷恋开满桃花的明月之夜。梦是那么美好，不要催醒他，让他在美好的梦境中多转一转吧。　　没有任何征兆，梦中突然听见了画角声，醒来时，泪水已经在枕边结成了薄薄的一层红冰。耳中听到的是塞马的嘶鸣，眼中看到的是斜挂着残星的军中大旗，好一派凄冷而又壮阔的景象。

◎ **创作背后的故事**

这首词作于康熙二十一年（1682）秋，作者奉旨执行军事侦察任务的途中。是一首以记梦的艺术手法，表达离情别恨的词。

菩萨蛮（荒鸡再咽天难晓）

荒鸡[①]再咽天难晓，星榆[②]落尽秋将老。毡幕绕牛羊，敲冰饮酪浆[③]。　　山程兼水宿，漏点清钲续[④]。正是梦回时，拥衾[⑤]无限思。

【注释】

①荒鸡：古人将三更以前啼鸣之鸡称为荒鸡，认为荒鸡叫则战事生。苏轼《召还至都门先寄子由》：“荒鸡号月未三更，客梦还家得俄顷。”

②星榆：形容树木繁多。榆，白榆树。刘宪《登骊山高顶寓目应制诗》：“直城如斗柄，宫树似星榆。”

③酪浆：牛羊等动物的乳汁。这里指酒。

④“漏点”句：指清脆的钲鼓声接续着漏壶的点滴声，意谓行役劳苦，夜以继日，不停地奔驰道路。钲：钲鼓，古代军中乐器，行军时敲击，用以节制步伐。《诗经·小雅，采芑》：“方叔率止，征

人伐鼓。”

⑤拥衾：即拥被，谓人以被裹护下体，半卧着。

【译文】

三更以前啼鸣之鸡再次发出啼鸣声，天色仿佛难以破晓。白榆树叶落尽，将要由秋天转入冬天了。毡幕之外牛羊环绕，在这里人们饮用的是敲碎冰块化作的水和牛羊的奶汁。　　一路走过山山水水，漏壶声与钲声相连续。梦醒时拥着被子，对家的思念永无穷尽。

菩萨蛮（白日惊飙冬已半）

白日惊飙[1]冬已半，解鞍正值昏鸦[2]乱。冰合大河流[3]，茫茫一片愁。　　烧痕[4]空极望，鼓角高城上[5]。明日近长安[6]，客心愁未阑[7]。

【注释】

①惊飙：谓狂风。晋殷仲文《解尚书表》：“洪波振壑，川洪波振壑；一惊飙拂野，林无静柯。”

②昏鸦：即乌鸦。此指黄昏之时乌鸦乱飞。

③“冰合”句：谓大河已冰封，河水不再流动。李贺《北中寒》诗：“黄河冰合鱼龙死。”

④烧痕：野火的痕迹。宋苏轼《正月二十日往岐亭》：“稍闻决决流冰谷，尽放青青没烧痕。”

⑤“鼓角”句：白居易《祭杜宵兴》诗：“城头传鼓角，灯下整衣冠。”

⑥长安：此代指北京城。

⑦“客心”句：谢朓《暂使下都夜发新林至京

邑》诗：“大江流日夜，客心悲未央。”

【译文】

冬天已过去一半，太阳发出苍白的光芒，四下狂风一片。大河尽被冰封，天地苍茫，让人忧伤。　野火烧过的痕迹一望无边，高城上传来鼓角声。虽然很快就要返京回家，但思乡的情绪仍然不减。

菩萨蛮（榛荆满眼山城路）

榛荆[①]满眼山城[②]路，征鸿[③]不为愁人住。何处是长安，湿云[④]吹雨寒。　　丝丝心欲碎，应是悲秋泪。泪向客中多，归时又奈何！

【注释】

①榛荆：犹荆棘，形容荒芜。

②山城：依山而筑的城市。

③征鸿：即征雁。多指秋天南飞的大雁。宋陈亮《好事近》："懒向碧云深处，问征鸿消息。"

④湿云：谓湿度大的云。唐李颀《宋少府东溪泛舟》："晚叶低众色，湿云带繁暑。"

【译文】

山城的道路上布满荆棘，迁徙的征雁不会为人停留。何处才是京城家园，这一路上只有浓云、寒雨与凉风。　　丝丝细雨中，越发引人因想家而心碎，那雨仿佛是悲秋的眼泪。异乡的征途最容易催人泪下，不知道踏上回家的路还会像这样落泪吗！

菩萨蛮（黄云紫塞三千里）

黄云紫塞[①]三千里，女墙[②]西畔啼乌起。落日万山寒，萧萧猎马还。　　笳声听不得，入夜空城黑。秋梦不归家，残灯落碎花[③]。

【注释】

①紫塞：指北方边塞。崔豹《古今注》上《都邑》："秦筑长城，土色皆紫，汉塞亦然，故称紫塞焉。"

②女墙：城墙上呈凹凸状的短墙。

③落碎花：灯花掉落。

【译文】

莽莽几千里的边塞，女墙一路延绵。黄昏之时，无数乌鸦的叫声滴落在城墙西畔。夕阳收拢最后一丝光热，落入西山。远处的群山被暮色清寒笼罩，天光暗沉下来。此时可见猎队回归，马鸣萧萧响彻耳际。　　入夜时分，便有人吹响胡笳。不堪听，还生愁。梦里不归家，离别有多苦，这一夜，我怕是又要彻夜不眠。一盏残灯相伴幽怀，灯花泪水两簌簌。

菩萨蛮（萧萧几叶风兼雨）

萧萧[①]几叶风兼雨，离人偏识长更[②]苦。欹枕数秋天，蟾蜍早下弦[③]。　　夜寒惊被薄，泪与灯花落[④]。无处不伤心，轻尘在玉琴[⑤]。

【注释】

①萧萧：风雨声。秦观《满江红》："风雨萧萧，长途上、春泥没足。"

②长更：长夜，南唐李煜《三台令》："不寐倦长更，披衣出户行。"

③"欹枕"二句：欹（qī）枕，斜靠着枕头。蟾蜍，代指月亮。早弦，即上弦。二句亦布景，展示秋夜的上弦月。

④"夜寒"二句：灯花，油灯结成花形的余烬。戎昱《桂州腊月》："晓角分残漏，孤灯落碎花。"仲胤妻《伊川令（寄外）》："教奴独自守空房，泪珠与、灯花共落。"二句意谓寒夜被薄，泪花伴随着

灯花，被烧成灰烬。

⑤玉琴：琴之美称。

【译文】

风雨潇潇，落叶片片。秋夜里，数着长更，更长愁更长。这时候，斜靠在枕头上，仰望星空。月亮已经经过了上弦，慢慢趋于圆满。秋风秋雨，寒凉惊心。

罗衾不耐，孤枕难忍。号角催晓，漏滴花阴。泪花伴随着灯花，被烧成灰烬。没有一个地方不让人伤心。瑶琴也早已蒙上了一层薄薄的灰尘。

菩萨蛮（为春憔悴留春住）

为春憔悴留春住，那禁半霎催归雨。深巷卖樱桃，雨余[1]红更娇。　　黄昏清泪阁，忍便花飘泊[2]。消得[3]一声莺，东风三月情[4]。

【注释】

①雨余：雨后。

②“黄昏”二句：出自宋范成大《八场坪闻猿》：“天寒林深山石恶，行人举头双泪阁。”阁，含着。

③消得：禁受得。

④三月情：此处或谓暮春之伤情，或别有隐情，所指未详。

【译文】

为了留住将逝的春天憔悴不已，雨来催归，黄昏的时候，深巷中卖着的樱桃，在雨后显得更加娇艳。　　含着眼泪，独自看着那落花飘飘。忽闻一声清脆莺啼自东风中传来，思绪又触摸到三月所留在心底的那一枚温暖的印记。

菩萨蛮（晶帘一片伤心白）

晶帘一片伤心白，云鬟香雾成遥隔[1]。无语问添衣[2]，桐阴月已西。　　西风鸣络纬[3]，不许愁人睡。只是去年秋[4]，如何泪欲流。

【注释】

①“云鬟香雾”句：语出杜甫《月夜》：“香雾云鬟湿，清辉玉臂寒”，这是杜甫写给妻子的诗，纳兰用此亦代妻子。此句谓头发乌黑如云，香气似雾浓，以此代指所爱所思的女子。

②“无语”句，承上句，谓所思的人不在身边，即使天气寒冷，也无法问她要不要加衣裳，照应了前句的“成遥隔”。“添衣”两字，平淡深情。

③络纬：蟋蟀。一说纺织娘。

④“只是”句：谓秋色和去年秋天相同。

【译文】

水帘泛着一片白色，她头发乌黑如云，香气似雾浓。所思的人不在身边，即使天气寒冷，也无法问她要不要加衣裳，不知不觉月已西沉。　　蟋蟀在秋风中鸣叫，不让发愁的人安睡。秋色和去年秋天相同，但为何我在今秋落泪。

菩萨蛮（乌丝画作回纹纸）

乌丝[①]画作回纹纸，香煤[②]暗蚀藏头字[③]。筝雁[④]十三双，输他[⑤]作一行。　　相看仍似客，但道休相忆。索性不还家，落残红杏花。

【注释】

①乌丝：即乌丝栏，有墨线格子的纸。唐李肇《唐国史补》："宋亳间，有织成界道绢素，谓之乌丝栏，朱丝栏。"

②香煤：即香烟，焚香所生的烟。宋张先《宴春台慢·东都春日李阁使席上》："金猊夜暖，罗衣暗混香煤。"暗蚀，谓香烟渐渐散去。明王彦泓（次回）有"袖香暗蚀字依微"之句。

③藏头字：指藏头书信。宋吕渭老《水龙吟·寄竹西》："锦字藏头，织成机上，一时分付。"

④筝雁：筝柱，柱行斜列如雁阵。《隋志·乐志下》谓筝为十三弦之拨弦乐器，故云。

⑤输他：犹言让他（它）。

【译文】

乌丝栏纸上写有回文诗句，用眉笔涂掉诗句每一行的第一个字，留给收信人去猜想。信上字迹工整，最要紧的句子却是藏头诗里的藏头一句。　　彼此相看时仍觉得陌生，她坚持要走，让我不要再想她。索性就不要回去了吧，在这个红杏飘落的时节。

菩萨蛮（春云吹散湘帘雨）

春云吹散湘帘[1]雨，絮粘蝴蝶飞还住。人在玉楼[2]中，楼高四面风。　柳烟丝一把，暝色笼鸳瓦[3]。休近小阑干，夕阳无限山。

【注释】

①湘帘：用湘妃竹编制的帘子。

②玉楼：指华丽之楼阁。宋辛弃疾《苏武慢·雪》："歌竹传觞，探梅得句，人在玉楼琼室。"

③鸳瓦：即鸳鸯瓦。唐李商隐《当句有对》："秦楼鸳瓦汉宫盘。"指瓦之成双成对者。

【译文】

风吹散了春云与珠帘前的雨，蝴蝶的翅膀上沾上柳絮，时飞时停。那人就独自站在高楼上，四周都有风吹过。　柳枝在雾霭中轻丝柔摆，暮色将鸳鸯瓦铺满。不要靠栏远眺，这山峦沐浴着夕阳，令人惆怅。

菩萨蛮（问君何事轻离别）

问君何事轻离别，一年能几团圆月？杨柳乍如丝[①]，故园春尽时。　　春归归不得，两桨松花隔[②]。旧事[③]逐寒潮，啼鹃恨未消[④]。

【注释】

①“杨柳”句：语出唐温庭筠《菩萨蛮》：“杨柳又如丝，驿桥春雨时。”

②松花隔：谓被松花江阻隔，不能回去。松花，即松花江。

③旧事：往事。

④“啼鹃”句：鹃，子规鸟，又名杜鹃。《文选·左思〈蜀都赋〉》注引《蜀记》云：“昔有人姓杜，名宇，王蜀，号曰望帝。宇死，俗说云，宇化为子规。子规，鸟名也。”此鸟“规”字与“归”谐音，故后人以此鸟鸣作为思归之声，表达思归之意。这里是说自己的思归心切，离恨难消。

【译文】

问你为了何事而轻易别离。一年中能有几次月圆。杨柳刚刚抽出嫩条，故乡的春天已经结束。　　春已尽，而我却不得返家。我的船儿被松花江阻隔。往昔的点点滴滴随着寒冷的潮水渐渐在心头退去，杜鹃鸟一声啼叫又勾起无限怅惘之情。

◎ **创作背后的故事**

这首词大约作于康熙二十一年（1682）。这年二月十一日，康熙皇帝由北京出发再到盛京告祭祖陵，并巡视吉林乌喇（今吉林市）等地。纳兰以一等侍卫护从。三月二十五日抵吉林乌喇，在松花江岸举行了望祭长白山等仪式（史称长白山为满族兴起地）。时天气尚寒。本篇即作于此行中。

菩萨蛮（飘蓬只逐惊飙转）

飘蓬[①]只逐惊飙[②]转，行人过尽烟光远。立马认河流，茂陵[③]风雨秋。　　寂寥行殿[④]锁，梵呗[⑤]琉璃火。塞雁与宫鸦[⑥]，山深日易斜。

【注释】

①飘蓬：飘飞的蓬草。比喻人事的漂泊无定。

②惊飙：狂风。此句谓人事无定，在光阴中随风四散，漂泊不定。

③茂陵：指明十三陵之宪宗朱见深的陵墓，在今北京昌平区北天寿山。

④行殿：行宫。皇帝出行在外时所居住之宫室。唐李昂《戚夫人楚舞歌》：“风花菡萏落辕门，云雨徘徊入行殿。”

⑤梵呗：佛家语。谓作法事时的歌咏赞颂之声。

⑥宫鸦：栖息在宫苑中的乌鸦。

【译文】

一把锈迹斑斑的铜锁，锁住了行宫大门，也将旧时的热闹与繁华锁在了时空深处。只有那些盘旋在宫殿上空的大雁和乌鸦，还像以前那样不停地聒噪着，似乎还想在这深山日暮的断瓦残垣里，找寻到旧日的荣华记忆。　　天寿山暮色四合，最后一抹残阳的余晖斜洒在空寂的山林深处。我策马，远行。不敢再回首苍茫夜色。人事如飘蓬，风吹浪卷。多少繁华流过，回眸处满眼荒芜。

菩萨蛮·为陈其年题照
（《乌丝》曲倩红儿谱）

《乌丝》曲倩红儿谱，萧然半壁惊秋雨。曲罢髻鬟偏，风姿[①]真可怜。　须髯浑似戟，时作簪花剧。背立讶[②]卿卿[③]，知卿无那[④]情。

【注释】

①风姿：风度姿态。

②讶：讶然，惊诧。

③卿卿：男女间表示亲昵的称呼。

④无那：无限，非常。

【译文】

歌女轻吟乌丝词，仿佛是秋雨洒落。歌女的发髻有些歪斜，那风姿惹人怜爱。　胡须像戟一般的硬汉，却喜欢在帽子上簪花为戏，与那歌女自由嬉戏，一派柔情蜜意。

菩萨蛮·宿滦河[1]（玉绳斜转疑清晓）

玉绳[2]斜转疑清晓，凄凄月白渔阳[3]道。星影漾寒沙，微茫织浪花。　　金笳[4]鸣故垒，唤起人难睡。无数紫鸳鸯，共嫌今夜凉。

【注释】

①滦河：在今河北省东北部。源于闪电河，自内蒙古多伦县折向东南，始称滦河，以下流经燕山山地，在乐亭、昌黎之间入渤海。

②玉绳：星名。原指北斗第五星之北两星，此处代指北斗星。汉张衡《西京赋》云："上飞闼而仰眺，正睹瑶光与玉绳。"注：《春秋元命苞》曰："玉衡北两星为玉绳。"

③渔阳：古县名。在今北京密云县西南。以在渔水之阳得名。

④金笳（jiā）：古代北方民族常用的一种管乐器。唐武元衡《汴和闻笳》诗："何处金笳月里悲，

悠悠边客梦先知。”。

【译文】

玉绳星自西转北，似乎天快要亮了。一轮略带寒意的明月照耀着渔阳道。星光点点，映得寒冷的沙滩上影影绰绰。渺茫星光里，一阵阵浪花清漾。　　古堡垒传来金笳声声，使人难以入眠。还有那无数紫鸳鸯，都嫌今夜太过寒凉。

◎ 创作背后的故事

康熙二十一年（1682），纳兰二十八岁，于护从中填词。此阙是描写作者夜宿滦河的行役词，触景生情。

菩萨蛮·早春（晓寒瘦著西南月）

晓寒瘦著[①]西南月，丁丁漏箭[②]余香咽[③]。春已十分宜，东风无是非。　　蜀魂[④]羞顾影，玉照[⑤]斜红[⑥]冷。谁唱《后庭花》，新年忆旧家。

【注释】

①瘦著：瘦削，这里指弯月或月牙。

②漏箭：漏壶的部件，上刻时辰度数，随水浮沉以计时。

③咽：充塞、充满。

④蜀魂：鸟名，指杜鹃。相传蜀主名杜宇，号望帝，死后化为鹃。

⑤玉照：镜的异名。

⑥斜红：指人头上所戴的红花。

【译文】

清晨天寒，月牙高悬在西南天边。屋里传来叮咚的滴漏之声，熏香即将燃尽。这宜人的春夜，东风怎么吹都是好的。　　杜鹃羞于打量自己的身影，梅花孤傲地开放。此刻是谁唱起了《后庭花》，让人在新年里思念旧时的家园。

菩萨蛮·寄顾梁汾苕中[①]
（知君此际情萧索）

知君此际情萧索，黄芦苦竹孤舟泊[②]。烟白酒旗青，水村鱼市晴。　　柁楼[③]今夕梦，脉脉春寒送。直过画眉桥，钱塘江上潮[④]。

【注释】

①苕中：江苏苏州西北阊门外有苕溪，溪有东苕、西苕二源，两源合流入太湖。顾梁汾南归后曾寓居苏州此地，故云。

②“知君”二句：白居易《琵琶行》有“黄芦苦竹绕宅生”之句，此处化用。

③柁楼：船上操柁之室，借指乘船之人。

④“直过”二句：意谓梁汾得享和美的家庭快乐和安闲隐居钱塘江畔的生活。画眉，指汉张敞为妻子画眉之故实，喻夫妻和美。桥，梁汾与严绳孙同里，绳孙家居藕荡桥边，此处或为同指。故画眉桥则为借指其美满的家。

【译文】

我了解你此刻心情抑郁，将孤舟停泊在黄芦苦竹丛中发呆。但面对江南好风景，乳白烟霭中冉冉中升起青色酒旗，水村鱼市沐浴在一片晴光里。　　你今夜在船上入睡，春天柔和的寒气慢慢侵扰你的睡梦。你的船一直从画眉桥下穿过，此时钱塘江上正涌起澎湃的春潮。

菩萨变·回文（客中愁损催寒夕）

客中愁损[1]催寒夕，夕寒催损愁中客。门掩月黄昏，昏黄月掩门。　　翠衾[2]孤拥醉，醉拥孤衾翠。醒莫更多情，情多更莫醒。

【注释】

①愁损：忧伤，犹愁杀。

②翠衾：即翠被。

【译文】

行旅中在寒夜感到愁绪难平，寒夜摧折着愁绪中的旅人。黄昏时分门扉挡住月色。　　独醉之后，孤独地拥着翠色被子。醒来之后不要再陷入悲伤，不然索性不要从醉中醒来。

菩萨蛮·回文（砑笺银粉残煤画）

砑笺[1]银粉残煤画，画煤[2]残粉银笺砑。清夜一灯明，明灯一夜清。　　片花惊宿燕，燕宿惊花片。亲自梦归人，人归梦自亲。

【注释】

①砑笺：指压印有图案的信笺。

②煤：即墨的别称。

【译文】

压印有图案的信笺有银饰装饰，上面有残余墨迹。清冷的夜晚里一盏灯孤零零地亮着，明灯在这个夜晚里显得冷冷清清。　　一片落花惊起了栖宿的燕子，梦中等到那人的归来，那人归来后，连梦也变得可亲。

蝶恋花（辛苦最怜天上月）

辛苦最怜天上月，一昔[①]如环[②]，昔昔都成玦[③]。若似月轮终皎洁，不辞冰雪为卿热[④]。　　无那[⑤]尘缘[⑥]容易绝，燕子依然、软踏帘钩说[⑦]。唱罢秋坟[⑧]愁未歇，春丛[⑨]认取双栖蝶。

【注释】

①昔：一夜。

②环：圆形玉璧。

③玦：玉佩如环而有缺口。

④“若似”二句：这两句是说假如爱情能像月亮一样长在长圆，那么无论付出多大的代价也心甘情愿。

⑤无那：即无奈。奈何，急读为那。

⑥尘缘：本佛语，佛教认为色、香、味、触、法为六尘，是污染人心，使生嗜欲的根源。这里指人生或人间的情爱。这句是说没想到人生如此短促。

⑦“燕子”二句：这两句是说人亡室在，双燕归

来，依然呢喃于帘钩之上，李贺《贾公闾贵婿曲》：“燕语踏帘钩。”

⑧唱罢秋坟：李贺《秋来》：“秋坟鬼唱鲍家诗，恨血千年土中碧。”这句是说幽怨至死难消。

⑨春丛：即花丛。梁简文帝诗：“花树含春丛。”

【译文】

最怜惜月亮的辛苦，一个月只有一夜圆满，其他所有夜晚都有残缺。如果你能像满月那般圆满，永远与我相守，我愿为此付出一切，就连生命也在所不惜。

无奈尘缘已断，那燕子依然呢喃，不懂得人的伤心。用诗笔倾诉我的忧愁，忧愁却在延续。春天在花丛里并肩飞舞的蝴蝶，不知哪一只是你，哪一只是我。

蝶恋花（又到绿杨曾折处）

又到绿杨曾折[①]处，不语垂鞭[②]，踏遍清秋路。衰草[③]连天无意绪[④]，雁声远向萧关[⑤]去。　　不恨天涯行役[⑥]苦，只恨西风，吹梦成今古[⑦]。明日客程还几许[⑧]，沾衣况是新寒雨。

【注释】

①绿杨曾折：古人在送别时，有折柳枝相赠的习俗。

②不语垂鞭：引用唐温庭筠《赠知音》诗："上阳宫里钟初动，不语垂鞭上柳堤。"垂鞭，放马慢行。

③衰（shuāi）草：指秋天的草。

④意绪：心绪；心情。南齐王融《咏琵琶》："丝中传意绪，花里寄春情。"

⑤萧关：关口名。在今甘肃平凉市，古为西北边地要塞。

⑥行役（yì）：指因公务而长期在外跋涉。

⑦成今古：谓今与古距离遥远，实为感叹光阴易逝。

⑧几许：多少。

【译文】

又来到昔日折柳相送友人的故地，骑马默默垂鞭徐行，心绪沉沉惝恍迷离，在无望的秋思之途踏行。衰草无边已了无生趣。大雁远去关塞遥远。　天涯羁旅之苦却也无妨，只可恨那西风吹散吹灭了多少穿越古今的美梦。明天，行程还在延续，乍寒的新雨打湿衣衫，更觉凄冷孤单。

◎ **创作背后的故事**

这首词考证作于康熙二十一年（1682）八月去梭龙时。作者于当年三月曾护驾东出山海关至盛京（今辽宁沈阳）。这次奉命往梭龙，仍走去山海关之老路，故曰“又到绿杨曾折处”。与以往不同的是，纳兰这次并没有随驾出巡，而是负皇命行役在外，这是他第一次率队远征，这首词就是词人行走在漫漫出关路上一段痛苦的内心独白。

蝶恋花（萧瑟兰成看老去）

萧瑟兰成[1]看老去，为怕多情，不作怜花句。阁泪[2]倚花愁不语，暗香飘尽知何处？　　重到旧时明月路。袖口香寒，心比秋莲苦。休说生生[3]花里住，惜花人去花无主。

【注释】

①兰成：北周庾信之小字。唐陆龟蒙《小名录》："庾信幼而俊迈，聪敏绝伦，有天竺僧呼信为兰成，因以为小字。"此处为作者借指自己。

②阁泪：含着眼泪。宋无名氏《鹧鸪天·离别》："尊前只恐伤郎意，阁泪汪汪不敢垂。"

③生生：谓世世代代。

【译文】

想到庾信的典故，感叹自己老了。含泪倚着花愁而不语，花香不知飘至何处，人香也早已飘尽，情人不知零落何处。　　旧地重游，当年情人留在袖口的香气已散，余温已寒，只是思念之情比之秋莲更苦。不要说生生世世愿与她在花间长住，如今没有实践诺言。此时惜花人已去，花已无主。

蝶恋花（尽日惊风吹木叶）

尽日惊风[①]吹木叶。极目嵯峨[②]，一丈天山[③]雪。去去[④]丁零[⑤]愁不绝，那堪客里还伤别。　　若道客愁容易辍。除是朱颜，不共春销歇[⑥]。一纸乡书和泪摺，红闺此夜团圞月[⑦]。

【注释】

①惊风：狂风。

②嵯峨（cuō é）：山势高大之貌。

③天山：在新疆境内。纳兰从未到过新疆，故此处是以天山代指塞外之山。这三句是说在这尽日狂风呼啸，极目望去，天山脚下木叶脱光，积雪盈丈，一片皑皑白色。

④去去：一步一步地远行，越走越远。

⑤丁零：古代民族名。汉时游牧于中国北部和西北部。《史记·匈奴列传》：“后北服浑庾，屈射、丁零、鬲昆、薪犁之国。”张守义正义：“已上五国在匈奴北。”司马贞索隐引《魏略》：“丁零在康居

北，去匈奴庭接习水七千里。”此处是借指塞外极边之地。

⑥“若道”三句：意思是行人的客愁若能停止，那除非是红润的容貌常在，不像春花一样地凋萎，现在朱颜憔悴，春华销歇，又当如何呢？

⑦“一纸”二句：摺，同“折”。团圞（luán）月，圆月。

【译文】

狂风终日吹掠树叶，放眼望去，山势险峻，积雪盈丈，皑皑一片。塞外极边之地，越走越远，愁思不绝，哪里还能忍受身在异乡还感伤离别。　　若说我的客愁能够停止，除非是红润的容貌常在，不随春事消散。写好书信，含泪折起。闺中的你，不也正孤独地对着这轮圆月怀念我吗。

蝶恋花（准拟春来消寂寞）

准拟[①]春来消寂寞。愁雨愁风，翻把春担阁[②]。不为伤春情绪恶，为怜镜里颜非昨。　　毕竟春光谁领略。九陌缁尘，抵死遮云壑[③]。若得寻春终遂约，不成长负东君诺[④]？

【注释】

①准拟：打算、想要。

②“翻把”句：翻，同“反”。担阁，耽搁。

③“九陌”二句：九陌，《三辅黄图·长安八街九陌》：“《三辅旧事》云：长安城中八街、九陌。”即指汉代长安城中的九条大道。后泛指都城繁华热闹的街道。缁尘，黑色尘土。喻世俗污垢等。抵死，总是、老是。宋晏殊《蝶恋花》：“百尺楼头闲倚遍。薄雨浓云，抵死遮人面。”云壑，云雾遮覆的山谷。此处借指僻静的隐居之所。南朝齐孔稚圭《北山移文》：“诱我松桂，欺我云壑。”

④“若得”二句：意谓怎样才能不辜负春光，遂

我心愿呢，难道总是让我有负春神的吗？东君，指司春之神。宋辛弃疾《满江红·暮春》："可恨东君，把春去春来无迹。"

【译文】

本打算让春天来排解我的寂寞，却没料到近来总是风雨萧索，春天迟迟未到。我并非是因为伤春而心情低落，而是为了那镜中老去的容颜。　　到底如何才能安心享受春天，凡尘俗世总是在我心不。我还是希望摆脱尘世的牵绊，安享春天的美丽，不辜负春天对我的期待。

蝶恋花·夏夜（露下庭柯蝉响歇）

露下庭柯[①]蝉响歇。纱碧如烟，烟里玲珑月。并著香肩[②]无可说，樱桃[③]暗解丁香结[④]。　笑卷轻衫鱼子缬[⑤]，试扑流萤，惊起双栖蝶。瘦断玉腰沾粉叶，人生那不相思绝。

【注释】

①庭柯：庭院中的树木。

②香肩：散发着香气的肩背。

③樱桃：喻女子之唇，此处代指恋人。

④丁香结：本指丁香花蕾，后以之喻思。

⑤鱼子缬：一种绢织之物。唐段成式《嘲飞卿》："醉袂几侵鱼子缬，飘缨长罥凤皇钗。"

【译文】

庭院里满是露水，高树上的蝉鸣停止，月光透过窗纱，光线如烟雾一样迷蒙。我们肩并着肩，默默无言。你虽然不发一言，却暗自解开了我的心结。　你笑意清浅，卷起美丽的衣袖，捕捉萤火虫，却惊起一对双栖的蝴蝶。蝴蝶沾着花粉的腰肢纤弱无比，而如今的我，也在思念中消瘦，终其一生也无法断绝。

蝶恋花·出塞（今古河山无定据）

今古河山无定据①。画角②声中，牧马③频来去。满目荒凉谁可语④？西风吹老丹枫树。　　从前幽怨⑤应无数。铁马金戈⑥，青冢⑦黄昏路。一往情深深几许⑧？深山夕照深秋雨。

【注释】

①无定据：没有一定。宋代毛开《渔家傲·次丹阳忆故人》词：“可忍归期无定据，天涯已听边鸿度。”

②画角：古管乐器，传自西羌。因表面有彩绘，故称。发声哀厉高亢，形如竹筒，本细末大，以竹木或皮革等制成，古时军中多用以警昏晓，振士气，肃军容。帝王出巡，亦用以报警戒严。

③牧马：指古代作战用的战马。

④谁可语：有谁来和我一起谈谈。

⑤从前幽怨：过去各民族、各部族间的战事。

⑥铁马金戈：形容威武雄壮的士兵和战马。代指

战事，兵事。

⑦青冢：长遍荒草的坟墓。这里指王昭君墓，相传冢上草色常青，故名。杜甫《咏怀古迹》诗：“一去紫台连朔漠，独留青冢向黄昏。”

⑧一往情深深几许：化用欧阳修《蝶恋花》：“庭院深深深几许”句意。几许：多少。

【译文】

从古至今江山兴亡都无定数，眼前仿佛战角吹响，烽烟滚滚，战马驰骋来来去去，黄沙遮日满目荒凉谁可同语？只有萧瑟的西风吹拂着枯老鲜红的枫树。　　从前愁苦凄凉的往事无穷无尽，铁马金戈南征北战，最终只剩日落黄昏青草掩藏着坟墓。满腹幽情情深几许，夕阳照射深山飘洒着潇潇秋雨。

◎ **创作背后的故事**

这首出塞词，当为纳兰性德于康熙二十一年（1682）八月奉命与副统郎谈等出塞远赴梭龙途中所作。

蝶恋花·散花楼送客（城上清笳城下杵）

城上清笳[①]城下杵[②]。秋尽离人，此际心偏苦。刀尺又催天又暮，一声吹冷蒹葭[③]浦。　　把酒留君君不住。莫被寒云[④]，遮断君行处。行宿黄茅山店[⑤]路，夕阳村社[⑥]迎神鼓。

【注释】

①清笳：谓凄清的胡笳声。唐杜甫《洛阳》诗："清笳去宫阙，翠盖出关山。"

②城下杵（chǔ）：指捣衣之声。杵，捣衣所用的棒槌。

③蒹葭：蒹和葭都是水草，本指在水边怀念故人，后以"蒹葭"泛指思念异地友人。语出《诗经·秦风·蒹葭》："蒹葭苍苍，白露为霜。所谓伊人，在水一方。"

④寒云：寒天的云。

⑤黄茅山店：指荒村野店。黄茅，茅草名。唐白居易《代书诗一百韵寄微之》："官舍黄茅屋，人家

苦竹篱。”

⑥村社：旧时农村祭祀社神的日子或盛会，《旧唐书·文苑传下·司空图》：“岁时村社雩祭祠祷，鼓舞会集，图必造之，与野老同席，曾无傲色。”

【译文】

散花楼上，听得远处胡笳轻唱，天色也已近黄昏，城下捣衣声一下接一下单调地重复着，回荡在这清冷的蒹葭浦，在离人的心中挥之不去。　　手把酒杯真想劝您留下啊。此去路途遥远，别教寒云遮断您的行处。在未来的漫漫长路上，您将夜宿荒村野店，请笑对夕阳下的村社神鼓。

◎ **创作背后的故事**

纳兰性德所送之人是张见阳。张见阳字子敏，名纯修，本为内务府包衣，进士及第后先授江华县令，官至庐州知府。张见阳与纳兰结为异姓兄弟，是纳兰的知心故交。康熙十八年（1679），纳兰性德的挚友张见阳被任命为湖南江华县令，纳兰为其送行，并作此词。

纳兰性德之于张见阳，并非泛泛之交。江华曾一度为吴世瑶所占据，清军刚收复江华不久后张见阳即被派去任职。纳兰深知此时的江华战火未息，民生艰难，且江华历来是多民族交汇地区，冲突时有发生，张见阳所得并非美差。然而作为朋友，纳兰不断勉励张见阳要莫惧寒云，要在满目疮痍中成就一番大业。他在与张见阳的书信中写道：“古来名士多以百里起家者，愿足下勿薄一官，他日循吏传中，籍君姓名，增我光宠。”纳兰年轻时也有建功立业的宏图大志，而他囿于皇宫中难以施展拳脚，便将自己的目标寄托于好友。

纳兰对张见阳不仅有着殷切的期望，也像兄弟一般深情地关怀着他。他曾作五律遗友人：“楚国连烽火，深知作吏难。吾怜张仲蔚，临别劝加餐。”古时官员到各地赴任，往往要经历一段时间的长途跋涉。纵使比不得昭君出塞、文成公主进藏，但翻山越岭在所难免，“鸡声茅店月，人迹板桥霜”，个中酸楚不需多言。而纳兰似对行宿黄茅山店这般羁旅生活有着别样的期待。

金缕曲（酒涴青衫卷）

再赠梁汾，用秋水轩[①]旧韵。

酒涴[②]青衫卷，尽从前、风流京兆，闲情未遣。江左知名今廿载，枯树泪痕休泫[③]。摇落尽、玉蛾金茧[④]。多少殷勤红叶句，御沟深、不似天河浅[⑤]。空省识，画图展[⑥]。　　高才自古难通显。枉教他、堵墙落笔，凌云书扁[⑦]。入洛游梁重到处，骇看村庄吠犬[⑧]。独憔悴、斯人不免。衮衮门前题凤客，竟居然、润色朝家典。凭触忌，舌难剪。

【注释】

①秋水轩：明末清初孙承泽之别墅，地在都城西南隅，有“江湖旷朗之境”。清初周亮工之子周在浚居京时，孙氏借其下榻。康熙十年（1671）秋，周在浚作东道，主酬唱，展开了一场词坛上颇有影响的“唱和”活动。参与者二十余家，由曹尔堪开题首

唱，龚鼎孳响应，周在浚主持。词非一境一题，但皆以“卷”字韵起，以“剪”字韵止。后辑为《秋水轩唱和词》。

②涴：污染。

③“江左”二句：江左，指长江下游以东地区。梁汾为江苏无锡人，故云。枯树，指南朝梁庾信的《枯树赋》。庾信晚年多作乡关之思，其赋“篇篇有哀”。此处以庾信喻梁汾，为劝慰之语。泫，流泪。

④玉蛾金茧：玉蛾，白色飞蛾，比喻雪花。金茧，金黄色之蚕茧，比喻灯火。

⑤“多少”二句：此用唐人红叶题诗之典故。唐人红叶题诗事记载较多，情节略同而人事各异，但皆成良缘。如范摅《云溪友议》卷十云，宣宗时，舍人卢渥偶临御沟，得红叶，上题绝句云：“流水何太急，深宫尽日闲。殷勤谢红叶，好去到人间。”卢归藏之。后来宫中放出宫女择配，不意归卢者竟是题叶之人。这里借用此典以喻在朝为官比登天还难之意，

⑥“空省识”二句：意思为朝廷对于人才并不真的重用。省识，认识，含有略识之意。杜甫《咏怀古迹五首》：“画图省识春风面，环佩空归月夜魂。”

⑦“枉教他”二句：堵墙，谓围观之人众多，排列如墙。杜甫《莫相疑行》：“集贤学士如堵墙，观我落笔中书堂。”凌云，杜甫《戏为六绝句》之一：“庾信文章老更成，凌云健笔意纵横。”后人以之喻作文的高超才华。

⑧“入洛”二句：入洛，用陆机、陆云兄弟入洛之典。陆氏二人于晋太康末自吴入洛，后得以发迹，但最终被谗遇害。详见《晋书·陆机传》。游梁，《史记·司马相如列传》谓相如“以赀为郎，事孝景帝，为武骑常侍，非其好也。会景帝不好辞赋，是时梁孝王来朝，从游说之士齐人邹阳、淮阴枚乘、吴庄忌夫子之徒，相如见而说之，因病免，客游梁。”后人以“入洛”“游梁”喻仕途不得志。

【译文】

洒漫青衫，你顾贞观却是无所谓，还是那一副风流不羁的样子。你在江南已经成名，何必叹息年华白白老去？想在京城求取功名，对你来说，这实在难于登天。正如汉元帝不曾欣赏王昭君的美貌，当今朝廷也不会赏识你的才干。

自古以来，才华高绝的人在仕途上总是难于显达。

纵使你才气干云，终究不过是徒劳。现在你再入京城，重游故地，吃惊地发现那些爬上高位的都是阿谀谄媚之人。正直磊落如你，只得独自憔悴。那些不学无术的人竟然取代了你曾经的职位，主持朝廷的典册文书。直言不讳是你的天性，纵然触犯朝廷禁忌，你不会亦不肯改变。

◎ **创作背后的故事**

副题说明是“再赠梁汾”，当作于《金缕曲·赠梁汾》后不久，大约在康熙十六年（1677）初。

金缕曲（洒尽无端泪）

简梁汾[①]，时方为吴汉槎作归计。

洒尽无端泪，莫因他、琼楼寂寞[②]，误来人世。信道痴儿多厚福，谁遣偏生明慧。莫更著、浮名相累[③]。仕宦何妨如断梗，只那将、声影供群吠[④]。天欲问，且休矣。　　情深我自判憔悴[⑤]。转丁宁、香怜易爇，玉怜轻碎[⑥]。羡杀软红尘里客[⑦]，一味醉生梦死。歌与哭、任猜何意。绝塞生还吴季子[⑧]，算眼前、此外皆闲事。知我者，梁汾耳。

【注释】

①简梁汾：写给顾贞观的信札。简，简札、书信。

②琼楼寂寞：谓仕宦不利，命多乖蹇，未得朝廷重用。琼楼，即琼楼玉宇，代指月中宫殿，这里借指朝廷。苏轼《水调歌头·中秋》：“我欲乘风归去，

又恐琼楼玉宇，高处不胜寒。”

③“莫更著”句：此系劝慰之语，意谓不要为世上的浮名所累。

④“仕宦”二句：断梗，断枝，即谓“桃梗”。比喻漂泊无定的微贱之物。《战国策·齐策》：苏代对孟尝君说：“臣来过于淄上，有土偶人与桃梗相与语。桃梗谓土偶曰：‘子西岸之土也，挺子以为人，淄水至则汝残矣。’土偶曰：‘吾，西岸之土也，土则复西岸耳。’今子，东国之桃梗也，刻削子以为人，淄水至，流子而去，则漂漂者将如何耳？”这里是指仕途为官如同断梗，微不足道。石孝友《清平乐》：“自怜俗状尘容，几年断梗飞蓬。”此二句意谓仕宦之人漂泊无定，本算不得什么，只有那些被人诬陷，如同群犬吠声，又无法辩诬之事，才是令人悲哀的。

⑤“情深”句：判，同“拼”，甘心情愿之意。此谓对梁汾深情思念，以至形容憔悴，但也心甘情愿。

⑥“转丁宁”二句：爇（ruò），烧、点燃。此二句是说香草易于点燃，美玉易于破碎。喻忠良之士易

受侵害。

⑦软红尘里客：指热衷功名利禄之人。软红，即红尘，谓繁华的都市。

⑧“绝塞”句：此谓吴汉槎自边塞宁古塔归来。吴季子，指顾贞观之友吴兆骞（1631–1684），字汉槎，吴江人，为江南才子，被称为“江左三凤”之一。顺治十四年（1657），以丁酉科场案被告发“舞弊”，翌年三月于京师复试。又以天寒不能握笔致罪，流放宁古塔（今黑龙江省宁安市）。康熙十五年（1676），顾贞观作《金缕曲》二首，寄吴汉槎，纳兰见之“为泣下数行”，并决心营救。后经纳兰的努力，汉槎于康熙二十年辛酉（1681）获释，得以入关。纳兰另有诗《喜吴汉槎归自关外，次座主徐先生韵》记之，诗云：“才人今喜入榆关，回首秋笳冰雪间。玄菟漫闻多白雁，黄尘空自老朱颜。星沉渤海无人见，枫落吴江有梦还。不信归来真半百，虎头每语泪潺湲。”

【译文】

没来由的眼泪如今已经流尽，那本属仙界的人哪，真不应该因为难耐仙界的寂寞便错误地降临人世。人世间只有愚笨之人才能享有厚福，谁让吴兆骞偏偏那样聪明呢？不只是聪明拖累了他，名声也一样拖累了他。做官何妨随波逐流，不必有自己的独立人格。而吴兆骞偏偏特立独行，就连上天也帮不了他。　　我为他的遭遇深深惋惜，只要能够救他回来，纵然憔悴也心甘情愿。但我还要叮咛吴兆骞、顾贞观，香总是容易烧尽，玉总是容易摔碎。那些在名利场上醉生梦死的人反而活得比谁都好，他们不会理解我们这些性情中人的心思，只会无端地猜忌我们。我一定会把流放北方边塞的吴兆骞营救回来，会全力去办这件事，再不分心理会其他事情。能够了解我这番心意的人，只有顾贞观了。

金缕曲（未得长无谓）

未得长无谓，竟须将、银河亲挽，普天一洗[①]。麟阁才教留粉本，大笑拂衣归矣[②]。如斯者、古今能几？有限好春无限恨，没来由、短尽英雄气。暂觅个，柔乡避。　　东君[③]轻薄知何意。尽年年、愁红惨绿，添人憔悴。两鬓飘萧容易白，错把韶华虚费。便决计、疏狂[④]休悔。但有玉人常照眼[⑤]，向名花、美酒拚沉醉。天下事，公等在。

【注释】

①“未得”三句：意谓所追求的理想总是不能实现，这世事不公，确是需要挽来天河，将整个天空洗净，令世道清明。

②“麟阁”二句：麟阁，即麒麟阁，在汉未央宫中。汉宣帝时曾图画霍光等功臣像于阁上，以表扬其功绩。后遂以画像于麒麟阁上作为功勋卓著和最高荣誉的表示。南朝梁虞羲《咏霍将军北伐》：“当令麟阁上，千载有雄名。”粉本，指图画。二句意谓朝廷

才要重用之时，你却大笑辞受，拂衣而去了。

③东君：指司春之神。宋辛弃疾《满江红·暮春》：“可恨东君，把春去春来无迹。”

④疏狂：不受拘束、豪放不羁。

⑤“但有”句：谓常有美女伴在身边。玉人，指美女。照眼，犹耀眼，光彩夺目之意。

【译文】

人生不能长期无所作为。确是需要力挽银河，洗尽整个天空。因功勋卓著，麒麟阁上才要留下他的画像以示奖赏，他却大笑辞却，拂衣而去了。如此这般，自古以来又能有几人？美好的春光短暂，愁与恨却绵长，没来由的，消磨尽了英雄的气概。暂且寻找个温柔乡躲避这尘世烦扰。　　不知道浅薄的司春之神是什么意思，年年尽弄些残花败叶，更使人添得几分憔悴。两鬓稀疏，容易白发，错把美好的白白消耗。便拿定主意要过豪放不羁的生活，亦无怨无悔。但有佳人在眼前，在灯红酒绿中一醉方休。国家大事，自有达官显贵去处理。

◎ 创作背后的故事

此词是写给仕途失意的友人的，在纳兰的朋友中，符合此条件的只有两人，一为顾贞观，二为严绳孙。创作时间不详。

据《纳兰性德行年录》记载："康熙二十四年四月，严绳孙请假南归，实为弃官。"可证。

《饮水词笺校》称此篇为写给顾贞观的。

金缕曲·慰西溟[1]（何事添凄咽）

何事添凄咽？但由他、天公簸弄，莫教磨涅[2]。失意每多如意少，终古几人称屈。须知道、福因才折。独卧藜床看北斗，背高城、玉笛吹成血[3]。听谯鼓[4]，二更彻。　　丈夫未肯因人热，且乘闲、五湖料理，扁舟一叶[5]。泪似秋霖挥不尽，洒向野田黄蝶[6]。须不羡、承明班列[7]。马迹车尘忙未了，任西风、吹冷长安月[8]。又萧寺[9]，花如雪。

【注释】

①西溟：姜宸英（1638—1699），字西溟，又字湛园，浙江慈溪人。擅辞章，工书画。生性疏放，屡试不第。后为人举荐修《明史》，年七十方成进士。又以主持顺天乡试案被牵连而死狱中。有《苇间诗集》《湛园未定稿》《湛园藏稿》等。纳兰与之结识甚早，姜回忆说："君年十八九，举礼部，当康熙之癸丑岁。未几也，余与相见于其座主东海阁学士公（徐乾学）邸。"纳兰并不以之狂怪为戒，且交游甚厚，

康熙十七、十八年留西溟居于府邸。二人诗词往还，多唱和之作。

②“但由他”二句：簸弄，玩弄、播弄。磨涅，磨砺浸染。比喻所经受之考验或外界之影响。《论语·阳货》：“不曰坚乎？磨而不磷；不曰白乎？涅而不缁。”此二句谓既然命运不济，试而不第，那就放开胸怀，任老天爷播弄，不能因此而折磨自己。

③“独卧”二句：意谓远离繁华闹市，归隐山林，独自高眠，卧看北斗七星，吹笛自乐。藜床，用藜（莱草）茎编织的床。北斗，指北斗七星，古代诗文中常以北斗喻指朝廷，故此处亦寓含不忘朝廷之意。玉笛，笛之美称。

④谯鼓：指谯楼上之鼓声。古代于城门望楼之上置鼓，为鼓楼，击鼓以报时。

⑤“丈夫”三句：因人热，谓大丈夫不要因求官求仕不得而躁急。热，热中、躁急之意，《孟子·万章上》：“仕则慕君，不得于君则热中。”朱熹注云：“热中，燥急心热也。”五湖，春秋时，范蠡佐越王勾践灭吴后，泛舟太湖，易名鸱夷子皮，陶朱公。后人以此为不贪官位，隐居自适之典（见《史

记·货殖列传》）。料理，安排、安置。此三句意谓虽求官不成，但正好学作范蠡，泛游五湖，消闲隐居，陶然自乐。

⑥“泪似”二句：秋霖，秋雨。野田黄蝶，谓郊野田间黄蝶蹉跎蹁跹之景，可引申为家园、知己。此二句是说纵有伤情之泪，亦当洒向知己者。

⑦承明班列：承明，承明庐，汉代侍臣值宿所居之屋，后为入朝、在朝为官之典。班列，位次，即朝班之位次。

⑧“马迹”二句：意谓京城里的衮衮诸公忙于仕途上的奔走，又十分得意，而西溟却独不得际遇，不过应以达观处之，任那些得意人儿去奔忙吧！吹冷长安月，喻在京为官的希望破灭了。

⑨萧寺：西溟居京时曾寓萧寺。姜西溟在为纳兰撰写的《祭文》中云：“于午未间，我蹶而穷，百忧萃止，是时归兄，馆我萧寺。”

【译文】

是什么事情让你伤心落泪呢，纵然上天不使你仕途得意那又如何，只要心志不改就好。自古以来，人们总是失意多于如意，更何况才华太高总会减损人的福分。你独坐在京城的城墙之外，仰望北斗，吹着笛子，笛声载满幽怨。城门的望楼上响起了更鼓之声，已经要到三更天了。　　大丈夫总是不肯借助别人的力量来成就自己的事业，不如索性归隐五湖，去过一段自由自在的生活。那些像秋雨一般流不尽的泪，尽可以洒向美丽的乡野之地，何必羡慕庙堂之上的功名？永远这般熙熙攘攘，人们忙着争名逐利。就让秋风把京城的月亮吹凉，你且去，这是个好时节，你所寄寓的寺院里正花开如雪。

金缕曲·赠梁汾（德也狂生耳）

德[①]也狂生耳。偶然间、淄尘京国[②]，乌衣门第[③]。有酒惟浇赵州土，谁会成生此意。不信道、遂成知己。青眼高歌俱未老，向樽前、拭尽英雄泪。君不见，月如水。　　共君此夜须沉醉。且由他、蛾眉谣诼，古今同忌。身世悠悠何足问，冷笑置之而已。寻思起、从头翻悔。一日心期千劫[④]在，后身缘、恐结他生里。然诺重，君须记。

【注释】

①德：作者自指。

②京国：京城，国都。

③乌衣门第：指世家望族。

④千劫：佛教语，指旷远的时间与无数的生灭成败，现多指无数灾难。

【译文】

我本是一介狂生，只因命运的偶然才生长于京城豪门罢了。我仰慕豪爽好客的战国平原君，可有谁了解我这样的真性情呢？和你顾贞观虽然身份地位悬隔，谁能想到我们两个却结成了知己。我们都还没有老去，不该在饮酒的时候流泪悲叹。你没看到吗，此刻月光如水。

正该开怀痛饮，那些小人如何在背后议论，才高招忌是古往今来都如此的事情。自己的身世遭际，不用在意别人的眼光，对那些不怀好意的探询只要冷笑以对。只是当自己思量往事的时候，才觉得多少有些悔不当初。和你一朝订交，友谊便会长存，生生世世不绝。请你一定记得我对你的郑重承诺。

金缕曲·寄梁汾（木落吴江矣）

木落吴江[①]矣。正萧条、西风南雁，碧云千里。落魄江湖还载酒，一种悲凉滋味[②]。重回首、莫弹酸泪。不是天公教弃置，是南华、误却方城尉[③]。飘泊处，谁相慰。　　别来我亦伤孤寄[④]。更那堪、冰霜摧折，壮怀都废。天远难穷劳望眼，欲上高楼还已。君莫恨、埋愁无地。秋雨秋花关塞冷，且殷勤、好作加餐计。人岂得，长无谓[⑤]。

【注释】

①吴江：即吴淞江。梁汾归江南居苏州等地，故云。

②“落魄”二句：唐杜牧《遣怀》：“落魄江湖载酒行，楚腰纤细掌中轻。”落魄，失意之貌。此二句言梁汾今归江南与当日杜牧失意扬州，其悲凉况味相仿。

③“不是”二句：谓梁汾的仕途失意不是“天公”所弃，而是由于“南华”影响太深所致。天公，此处代指朝廷。南华，《南华真经》之省称，即《庄子》一书。贾岛《病起》：“灯下《南华》

卷，袪愁当酒杯。”方城尉，指温庭筠。庭筠曾为方城（今河南省方城县）尉，世称温方城。此处借指顾梁汾。

④孤寄：意同“孤寂”。谓孤单寂寞。寄，含寄居、使寄居之意。南朝宋鲍照《绍古辞》之六：“不怨身孤寄，但念星隐隅。”

⑤无谓：即无所作为。谓，通“为”，作为之意。《韩非子·解老》：“啬之谓术也，生于道理。”又，《亡徵》：“知有谓可断而弗敢行者可亡也。”于省吾新证：“谓、为字通，……此‘为’字读平声。”唐李商隐《无题》：“人生岂得长无谓，怀故思乡共白头。”

【译文】

秋叶纷纷飘落天江，这使万物萧条的时节，大雁在秋风中南飞千里，碧空上云彩绵延。想你顾贞观落魄江湖，船上载着浇愁的酒，悲凉之感油然而生。再回首时不必落泪，莫要抱怨上天辜负了你的才华，是权贵猜忌你，使你仕途坎坷。当你四处漂泊，有谁安慰你的伤悲？　　自从分别之后，我也自伤自怜，险恶环境已彻底磨灭了我的理想。我想登上高楼，眺望你远走的身影，但终于还是不忍亲目随你离去。你不要埋怨愁绪无处排遣，要多留心转凉的天气，注意饮食，保重身体，人怎可能一辈子沉沦下去。

金缕曲·亡妇忌日有感（此恨何时已）

此恨何时已。滴空阶、寒更雨歇，葬花天气[①]。三载悠悠魂梦杳，是梦久应醒矣。料也觉、人间无味。不及夜台[②]尘土隔，冷清清、一片埋愁地。钗钿约[③]，竟抛弃。　　重泉若有双鱼寄[④]。好知他、年来苦乐，与谁相倚？我自终宵成转侧，忍听湘弦重理[⑤]。待结个、他生知己。还怕两人俱薄命，再缘悭、剩月零风里。清泪尽，纸灰起。

【注释】

①葬花天气：指春末落花时节，大致是农历五月，这里既表时令，又暗喻妻子之亡如花之凋谢。

②夜台：指坟墓。

③钗钿约：钗钿即“金钗”“钿合”，女子饰物。暗指爱人间的盟誓。

④“重泉”句：重泉即“黄泉’“九泉”，指生死两隔；双鱼，书信，典出古乐府。

⑤“忍听”句：湘弦，即湘灵鼓瑟之弦。传说

舜之妃子溺湘水而亡，后为水神，古代诗词中常用琴瑟代指夫妻，这里指纳兰不忍再弹奏那哀怨凄婉的琴弦，否则会勾起悼亡的哀思。

【译文】

这愁绪什么时候才能到尽头？滴落在空空台阶上的细雨终于止住，夜晚如此清冷，正是适宜葬花的天气。你离我而去至今已三年，纵然这是一场大梦，也早就应该醒来了。你一定是觉得人间没意思吧，不如泥土深处的黄泉，虽冷冷清清，但它埋葬了所有的愁怨。你倒是去了那清净之地，而我们生生世世不离不弃的约定，就这样被你抛弃。　　如果可以寄书信到黄泉该多好，好让我知道你这些年过得怎样，是谁在身边照顾你。夜深了，我仍然辗转反侧，无法入睡，不忍听他们的议论。让我们来生再结为知己吧，就怕真的到了来生，我们两个仍然为命，无法长相厮守。我的泪水已经流尽，纸钱烧成灰飘忽不定。

◎ **创作背后的故事**

清康熙十三年（1674）十九岁的纳兰性德与十七岁的卢氏成婚。纳兰卢氏父亲卢兴祖官至两广总督，是两省的最高军政长官，封疆大吏。有关卢氏的记述道“夫人生而婉，性本端庄，贞气天情，恭客礼典。明珰佩月，即如淑女之章，晓镜临春，自有夫人之法……幼承母训，娴彼七襄，长读父书，佐其四德”。从中可以知道卢氏是一个美丽端庄、有教养、有文化、三从四德的标准淑女。

纳兰性德成婚三年后，妻子卢氏因难产而亡，年仅二十一岁。生离的无奈已令词人哀愁，不期而至的死别就更令其肠断了，从此以后，“悼亡之吟不少，知己之恨尤多”，无论是亡妻的生辰、忌日，还是词人身在家园塞上，始终没有停止他的哀吟婉唱。

纳兰性德在卢氏亡后，词风也为之改变，悼念之作不止，哀吟之唱不绝。

金缕曲·再用秋水轩旧韵（疏影临书卷）

疏影临书卷[①]。带霜华、高高下下，粉脂都遣[②]。别是幽情嫌妩媚，红烛啼痕休泫[③]。趁皓月、光浮冰茧[④]。恰与花神供写照，任泼来、淡墨无深浅。持素障，夜中展[⑤]。　残缸掩过看逾显[⑥]。相对处、芙蓉玉绽，鹤翎银扁[⑦]。但得白衣时慰藉，一任浮云苍犬[⑧]。尘土隔、软红偷免[⑨]。帘幞西风人不寐，恁清光、肯惜鹴裘典。休便把，落英翦。

【注释】

①“疏影”句：意谓梅花疏朗的影子落在了书卷上。疏影，指疏朗的梅影。

②“带霜华”二句：谓此时的梅花带着霜华，高高低低，看不到一点粉红的颜色。

③“别是”二句：谓那梅花别是一种幽情和妩媚，故不须红烛滴泪照明。泫，下滴貌。

④光浮冰茧：冰茧，即蚕茧纸。《世说新语》谓王羲之书《兰亭序》即用此纸。此处喻皓月之下，月

光照在朵朵梅花上如同洁白的蚕茧纸。

⑤“恰与”四句：花神，指花之精神、神韵。宋李廌《德隅斋画品，菡萏图》：“士大夫旧云：‘徐熙画花传花神’，赵昌画：花写花形。”写照，犹映照。唐席豫《奉和敕赐公主镜》：“含灵万象入，写照百花开。”泼，指泼墨写意。素障，即障子。杜甫《题李尊师松树障子歌》：“障子松林静杳冥，凭轩忽若无丹青。”此四句谓恰好这梅花之形与其神相映照，仿佛是随意画出的淡墨写意，这美妙的图画就好像是在夜间展开的一幅出神入化的障子。

⑥“残缸”句：残缸，将要熄灭的灯烛。掩过，犹遮蔽起来。谓将残灯遮起，再看那梅影就更加清晰动人。

⑦“相对”二句：意谓像是刚刚绽开的玉芙蓉，处处是银白色的花瓣。鹤翎，本指鹤之羽毛，此处喻白色的花瓣。唐王建《于主簿厅看花》：“小叶稠枝粉压摧，暖风吹动鹤翎开。”银扁，遍地银白色。扁，通“遍”。

⑧浮云苍犬：犹白云苍犬（或白云苍狗），即白衣苍狗。唐杜甫《可叹》：“天上浮云如白衣，斯须

改变如苍狗。”即谓变化巨大之意，后以之喻世事无常，变化剧烈。

⑨“尘土”句：尘土，犹尘世或庸俗肮脏之世事。隔，隔开、分开。软红，犹软红尘，即繁华热闹之意。

【译文】

画卷上画着疏落的花影，花枝高高低低，带着霜痕，如同涂着脂粉一般。别是一种幽情，又带着几分妩媚。熄灭蜡烛吧，就趁着月色欣赏这幅画卷。恰好这梅花之形与其神相映照，仿佛是随意画出的淡墨写意，这美妙的图画就好像是在夜间展开的一幅出神入化的障子。　　熄灭了灯光之后，画面越发显得美丽。绽开的鲜花洁白如玉，到处是银色的花瓣。只要有花有酒，又何必在意世事变幻无常呢。看着这幅画，令人忘记了世俗。西风吹拂的夜色里，因赏画而不肯入睡，为了这美丽的图画就算把鹔鹴裘衣典当掉也在所不惜。爱花所以惜花，从此便不要轻易地把枝头的残花剪掉吧。

好事近（帘外五更风）

帘外五更风，消受晓寒时节。刚剩秋衾一半，拥透帘残月[①]。

争教清泪不成冰？好处便轻别[②]。拟把伤离情绪，待晓寒重说。

【注释】

①“刚剩”二句：意谓秋夜冷冰冰的被子刚刚多出了一半（即独自孤眠），而晓寒难耐，便拥被对着帘外的残月。剩，与“盛”音意相通。《词综》卷十李甲《过秦楼》：“当暖风迟景，任相将永日，烂漫狂游。谁信盛狂中，有离情忽到心头。”此“盛”犹“剩”字，多频之义。秋衾，语见唐李贺《还自会稽歌》：“台城应教人，秋衾梦铜辇。”

②“争教”二句：意谓怎教清泪不长流呢？（泪流而至结成冰，可见泪流之长之多了）最好是把离别之事不放在心上。

【译文】

已经是五更破晓时分，窗外寒风阵阵，正是一天中最冷的时刻。秋夜冷冰冰的被子刚刚多出了一半，而晓寒难耐，便拥被对着帘外的残月。　　怎教清泪不长流呢？最好是把离别之事不放在心上。每个冷冽的早晨我都会如此沉浸在与你分别的伤感里。

好事近（马首望青山）

马首望青山，零落繁华如此[①]。再向断烟衰草，认藓碑题字[②]。

休寻折戟话当年，只洒悲秋泪[③]。斜日十三陵[④]下，过新丰猎骑[⑤]。

【注释】

①“马首”二句：意思是说通过马头向前望去，眼前是一脉青山，都市的繁华不见了，这里只有萧索冷落的景象。

②“认藓碑”句：藓，苔藓。此句是说可以辨认出长满苔藓的古碑上的题字。

③“休寻”二句：意思是不要寻思那古往今来兴亡之事，就是眼前的秋色便已令人生悲添慨了。折戟，用杜牧《赤壁》：“折戟沉沙铁未销，自将磨洗认前朝”诗意。

④十三陵：北京市昌平天寿山一带之明陵，为十三座皇陵，清代那里有围场。

⑤“过新丰”句：新丰，今陕西省临潼区东北，汉初刘邦兴建，迁家乡父老于此。猎骑，代指打猎者的坐骑，代指猎人。此句意谓打猎的人是从京城贬来的。这句为借用王维《观猎》：“忽过新丰市，还归细柳营”句意。

【译文】

通过马头向前望去，眼前是一脉青山，都市的繁华不见了，这里只有萧索冷落的景象。可以辨认出长满苔藓的古碑上的题字。　　不要寻思那古往今来兴亡之事，就是眼前的秋色便已令人生悲添慨了。十三座皇陵在夕阳下，打猎的人是从京城贬来的。

好事近（何路向家园）

何路向家园，历历[1]残山剩水。都把一春冷淡，到麦秋天气[2]。料应重发隔年花[3]，莫问花前事。纵使东风依旧，怕红颜不似。

【注释】

①历历：零落貌。

②麦秋天气：谓农历四五月麦熟时节。

③隔年花：去年之花。

【译文】

乡关何处？又麦收天气。无限伤心事，都在残山剩水间。你微微浅笑，在故乡的秋天里。　　一朵洁白清新的栀子花。秋水不胜淡，夕阳如此红。你那么美。而今，清香更何用，犹发去年枝。梅亦如是。物是人非，老病孤舟，红颜不似。

天仙子（好在软绡红泪积）

好在软绡[①]红泪积，漏痕[②]斜罥[③]菱丝[④]碧。古钗[⑤]封寄玉关[⑥]秋，天咫尺[⑦]，人南北。不信鸳鸯头不白。

【注释】

①软绡（xiāo）：即轻纱柔，一种柔软轻薄的丝织品。此处指轻柔精致的丝质衣物。

②漏痕：草书的一种笔法，谓行笔须藏锋。与下句之“古钗”均指草书。宋姜夔《续书谱》：“草书用笔，如折钗股，如屋漏痕。”《法书苑》谓：颜鲁公与怀素同学草书于邬兵曹。或问曰，张长史见公孙大娘舞剑，始得低昂回翔之状，兵曹有之乎？怀素以古钗脚对，颜鲁公曰：“何如屋漏痕？”

③斜罥（juàn）：斜挂着。

④菱丝：菱蔓。

⑤古钗（chāi）：亦作“古钗脚”。比喻书法笔力遒劲。

⑥玉关：玉门关。古代以玉门关代指遥远的征戍之地。唐李白《王昭君》之一："一上玉关道，天涯去不回。"

⑦咫（zhǐ）尺：周制八寸为咫，十寸为尺，谓接近或刚满一尺。形容距离近。

【译文】

泪水洒下湿了衣衫，草字行行，犹如斜挂着的菱蔓。遥寄一封书信给远隔千里的征人．天涯咫尺，人各南北，不信朝夕相伴的鸳鸯见了这样的愁绪不会愁白了青丝。

天仙子（月落城乌啼未了）

月落城乌[1]啼未了。起来翻为无眠早。薄霜庭院怯生衣[2]，心悄悄。红阑绕。此情待共谁人晓。

【注释】

①城乌：城楼上的乌鸦。

②“薄霜”句：谓清晨庭院里一层薄霜，凉意袭人，夏衣已不胜其寒。生衣，夏衣。唐王建《秋日后》：“立秋日后无多愁，渐觉生衣不著身。”

【译文】

月亮落下，城头上栖息的乌鸦仍啼鸣不已。辗转难眠，索性披衣到庭院里。院里结着轻霜，寒意透入单薄的夏衣。忧愁中在回廊里徘徊，这心绪能告诉谁知道。

如梦令（正是辘轳金井）

正是辘轳[①]金井，满砌[②]花红冷。蓦地[③]一相逢，心事眼波难定。谁省，谁省，从此簟纹[④]灯影。

【注释】

①辘轳：古代安置在井上用来汲水的工具。

②砌：台阶。

③蓦地：突然地。

④簟纹：指竹席之纹络，此处借指孤眠幽独之景况。

【译文】

天亮了，井台上响起了辘轳声。一夜风雨，满阶落花，凋零中透出一丝冷意。在这样一个清晨，我和她蓦然相逢。我对她一见钟情，却难以明了她迷离的眼波背后暗藏的心事。谁能明白？谁能明白呢？从此以后，无论是在簟席上辗转反侧、孤枕难眠之时，还是独对孤灯、辗转徘徊之际，我都会想念她。

如梦令（木叶纷纷归路）

木叶纷纷归路，残月晓风何处[①]。消息半浮沈[②]，今夜相思几许。秋雨，秋雨。一半西风吹去[③]。

【注释】

①残月晓风何处：宋柳永《雨霖铃》词“今宵酒醒何处，杨柳岸晓风残月。”

②浮沈：即“浮沉”。意谓消息隔绝。

③“秋雨”句：用清朱彝尊《转应曲》词句：“秋雨，秋雨，一半因风吹去。”

【译文】

窸窣飘零的透着微黄的叶子，纷纷飘落在词人的归路上。那晓风吹动，西天残月，某一个地方，同是弯弯的新月和初秋的寒风，牵挂的人，你还好吗？秋雨被西风吹散，就像我的一半心思，也被西风吹走了，也随远方的人儿而去。

◎ 创作背后的故事

这首词作于纳兰性德随驾出巡南北，出使梭龙（黑龙江流域）考察沙俄侵扰东北期间，作者在外忙于国家大事，无法和自己喜欢的爱人团聚，恰巧又处于秋季到来的时节。看着眼前的秋风吹落一朵朵的黄叶，心中愁苦，思念佳人之情顿生，为了表达自己的“愁”，抒发对佳人的思念，写出了这首词。

如梦令（万帐穹庐人醉）

万帐穹庐[①]人醉，星影摇摇欲坠。归梦隔狼河，又被河声搅碎[②]。还睡、还睡，解道[③]醒来无味。

【注释】

①穹庐：古代游牧民族居住的毡帐。

②“归梦”二句：言家乡远隔狼河，归梦不成。纵然做得归梦，河声彻夜，又把梦搅醒。狼河：白狼河，即今大凌河，在辽宁省西部。

③解道：知道。

【译文】

千军万帐中酣歌豪饮人早已醉，满天繁星摇摇欲坠。一个归家之梦，被白狼河滔滔之声搅碎。强迫自己再睡，再睡，只因为醒来比归梦搅碎更无味。

浪淘沙（双燕又飞还）

双燕又飞还，好景阑珊[①]。东风那惜小眉弯[②]。芳草绿波吹不尽，只隔遥山。　　花雨[③]忆前番，粉泪[④]偷弹。倚楼谁与话春闲？数到今朝三月二[⑤]，梦见犹难。

【注释】

①阑珊：将尽、零落、衰歇之意。

②“东风”句：谓东风不顾那闺中女子的伤春意绪。那惜，不顾惜，不管。小眉弯，指眉头紧皱。

③花雨：落花纷飘。

④粉泪：女子之眼泪。以其饰粉，故云。

⑤三月二：古代“上巳”节，是游春之日，是日人们到水边洗濯、饮酒、欢聚等，以为驱邪避祸，消除不祥。杜甫《丽人行》：“三月三日天气新，长安水边多丽人。”故此处或谓明日即当欢会，却无由相约相见。又，《癸辛杂志》谓：“或云上巳，当作十干之巳。盖古人用日，例以十干，如上辛、上午之

类，无用支者，若首干尾卯，则上旬无已矣。”故王季桥《上已》诗：“曲水湔裙三月二”。

【译文】

春将尽，春景将残，面对双燕飞还，芳草绿波，繁花零落的景象，她又深情地怀念起离人来了。虽说芳草绿波依旧，可心上人犹如远山相隔，难以再见了。

她在花下追忆往事，暗自伤情，无人依并，数到今天已是三月二日，可心上人连梦里也难见到。

相见欢（微云一抹遥峰）

微云一抹[①]遥峰，冷溶溶。恰与个人[②]清晓，画眉同。　　红蜡泪[③]，青绫被[④]，水沉[⑤]浓。却向黄茅野店[⑥]，听西风。

【注释】

①微云一抹：即一片微云。宋秦观《满庭芳》词："山抹微云，天粘衰草。"

②个人：犹言那人，指意中人。

③蜡泪：蜡烛燃烧时，油脂熔化，好似泪流，故称蜡泪。

④青绫被：青色薄布缝制的被子。

⑤水沉：即水沉香，古时多陈设于闺房。

⑥黄茅野店：喻指荒野僻远之地。

【译文】

遥远的山峰上飘着一抹微云，冷溶溶的远山，那一抹微云的远山像极了她清晓画的眉形。　　妻子一人孤独凄楚地看着红蜡，盖着青菱被，任那水沉香的香气沉晕。但此时自己身在远方，停宿黄茅野店，耳畔是西风猎猎，感到凄迟伤感。

相见欢（落花如梦凄迷）

落花如梦凄迷[①]，麝烟[②]微，又是夕阳潜下小楼[③]西。　愁无限，消瘦尽，有谁知？闲教玉笼鹦鹉念郎诗[④]。

【注释】

①凄迷：形容落花凋谢零落的样子。

②麝（shè）烟：焚烧麝香所散发的香烟。麝烟即点燃麝香所散发的烟。麝香是一种高级香料，室内放一丁点儿，便会满屋清香，气味迥异。

③潜下小楼：指太阳已经落到小楼偏西的地方。

④“闲教”句：此句化用前人意象。柳永《甘草子》：“却傍金笼共鹦鹉，念粉郎言语。”

【译文】

落花如烟似梦，凄婉迷茫；红日坠向小楼之西，室中麝香飘香。　无限忧愁使闺中人容颜消瘦，可没人知道她的忧伤。闲来无事调弄鹦鹉，教它诵念情郎赠她的诗章。

◎ **创作背后的故事**

康熙十三年（1674），纳兰与两广总督卢兴祖之女卢氏成婚，诗人时年二十岁。婚后夫妻两人情感笃深、琴瑟和鸣、无限恩爱，有过一段美好的婚姻生活。这首词正作于此阶段，这是一首展现他们情感历程的词章，也是他们正在热恋时期所写的。时节已是入秋，落花缤纷，似梦凄迷，纳兰性德公务缠身，身在远方，不能在家陪伴妻子，想象妻子在家思念自己，愁苦无聊至极，由此他作下这首《相见欢》，表达自己对妻子的思念之情。

昭君怨（深禁好春谁惜）

深禁[1]好春谁惜，薄暮瑶阶[2]伫立。别院管弦声，不分明。

又是梨花欲谢，绣被春寒今夜。寂寞锁朱门，梦承恩[3]。

【注释】

①深禁：深深的宫内。禁，帝王之宫殿。

②瑶阶：指宫中的阶砌。

③承恩：谓被君王宠幸。

【译文】

深宫中的大好春光有谁怜惜，薄暮中，她在台阶上久久伫立。传来别院的管弦乐声，不是很分明。　又将迎来梨花凋谢，在这寒冷的夜里，她又将独自拥着绣被挨过。寂寞难耐，朱门紧闭，只有在梦里，才得君王的宠爱。

昭君怨（暮雨丝丝吹湿）

暮雨丝丝吹湿，倦柳愁荷风急。瘦骨不禁秋，总成愁。　别有心情怎说，未是诉愁时节。谯鼓[①]已三更，梦须成。

【注释】

①谯鼓：古代谯楼上的更鼓。

【译文】

秋夜雨滴风急，在如此令人伤感的氛围环境里，又怎能不使多情的诗人生愁起怨呢！　绝非单纯为秋风秋雨而伤怀。不过这愁又“怎说”？实在寂寞，唯有去梦中消解，然而夜已三更，梦又不成，此情难诉，愁上加愁了。

满江红（代北燕南）

代北燕南[①]，应不隔、月明千里。谁相念、胭脂山[②]下，悲哉秋气。小立乍惊清露湿，孤眠最惜浓香腻。况夜乌、啼绝四更头，边声[③]起。　销不尽，悲歌意。匀不尽，相思泪。想故园今夜，玉阑谁倚。青海[④]不来如意梦，红笺[⑤]暂写违心字。道别来、浑是不关心，东堂桂[⑥]。

【注释】

①代北燕南：泛指山西、河北一带。代北，原指汉、晋时期之代郡，唐以后之代州北部等。燕南，泛指黄河以北之地。

②胭脂山：即燕支山。在古匈奴境内，以产燕支（胭脂）草而得名，因其地水草丰美，宜为畜牧，是为塞外之宝地。古诗中多代指值得怀念之地。

③边声：指边境上羌管、胡笳、角号等诸多声响。范仲淹《渔家傲》："四面边声连角起，千嶂里，长烟落日孤城闭。"

④青海：本指青海省内之最大的咸水湖，北魏时

始用此名。后以之喻边远荒漠之地。

⑤红笺：红色笺纸，多用以题写诗词等，这里是指书写信札。晏殊《清平乐》："红笺小字，说尽平生意。"

⑥东堂桂：因科举考试而及第称为"东堂桂"。语出《晋书·郤诜传》："郤诜以对策上第，拜仪郎。后迁官，晋武帝于东堂会送，问诜曰：'卿自以为何如？'诜对曰：'臣举贤良对策，为天下第一。犹桂林之一枝，昆山之片玉。'"

【译文】

离开京城到北方边塞，眼见已走了将近千里。你可知道这胭脂山下，秋天的气息何等悲凉。小立片刻，忽然被冰凉的露水惊到，独眠的时候最想念家里熏炉的浓郁香气。而今在四更天倾听乌鸦啼叫，混杂了各种边塞的声音，越发想家。　　无法消散的，是歌中的悲伤；不能流尽的，是相思的泪水。遥想故乡今夜，你是否也在倚着栏杆思念我？我远在青海湖边，连好梦都做不来，给你的信里只能妄说自己一切都好。你可知这番远别之后，我越发眷恋你，功名利禄如今已经全不挂心了。

满江红（为问封姨）

为问封姨，何事却、排空卷地[①]。又不是、江南春好，妒花天气。叶尽归鸦栖未得，带垂惊燕飘还起[②]。甚天公、不肯惜愁人，添憔悴。　　搅一霎，灯前睡。听半晌，心如醉[③]。倩碧纱遮断，画屏深翠[④]。只影凄清残烛下，离魂飘渺秋空里。总随他、泊粉与飘香[⑤]，真无谓。

【注释】

①“为问”二句：意谓相问秋风因何这般排空卷地地刮来。为问，犹相问、借问。封姨，风神。唐谷神子《博异志·崔玄微》载：“唐天宝中，崔玄微于春季月夜，遇美人绿衣杨氏、白衣李氏、绛衣陶氏、绯衣小女石醋醋和封家十八姨。崔命酒共饮。十八姨翻酒污醋醋衣裳、不欢而散。明夜诸女又来，醋醋言诸女皆往苑中，多被恶风所挠，求崔于每岁元旦作朱幡立于苑东，即可免难。时元旦已过，因请于某日平旦立此幡。是日东风刮地，折树飞沙，而苑中繁花不

动。崔乃悟诸女皆花精，而封十八姨乃风神也。”后诗文中常以之代指大风等。

②“叶尽”二句：谓狂风将树叶吹落，归来的乌鸦无处栖息，使小燕惊飞，欲垂落，又被风吹起。

③“搅一霎”四句：意谓在灯前刚刚睡去，便被狂风声搅醒。耳听着片刻的风声，便令人心醉。

④“倩碧纱”二句：倩，乞求、恳求。碧纱，碧纱窗、绿色的窗户。二句意谓指望那绿窗与画屏能遮挡住狂风。

⑤泊粉与飘香：指被风吹残的花瓣与飘散的花香。泊，通“薄”。轻微、少许之意。泊粉，即指少许的残花。

【译文】

问风神为何掀起如此狂风，毕竟这不是江南的春天，有似锦的繁花让你心生妒忌。树叶尽被吹落，归巢的乌鸦认不出栖所，画轴上垂下的名为惊燕的纸带也飘摇不定。上天为何不给忧伤的人一个怜悯，反而让这狂风催人憔悴？　　刚刚在灯前昏睡过去，忽然被风声惊醒。听了半晌风声，心内惆怅转凄迷。希望碧纱窗可以将风挡在外面，不要让它接近深翠色的画屏。在这即将熄灭的烛光里，我形单影只。你的魂魄在秋空中渺渺难寻，漫无目的地随着被风卷起的花瓣与花香，将要飘向何方。

满庭芳（堠雪翻鸦）

堠雪翻鸦，河冰跃马，惊风吹度龙堆[①]。阴磷[②]夜泣，此景总堪悲。待向中宵起舞[③]，无人处、那有村鸡。只应是，金笳[④]暗拍，一样泪沾衣。　　须知今古事，棋枰胜负，翻覆如斯[⑤]。叹纷纷蛮触[⑤]，回首成非。剩得几行青史，斜阳下、断碣残碑。年华共，混同江[⑦]水，流去几时回。

【注释】

①“堠雪”三句：堠，古代瞭望敌情之土堡，或谓记里程的土堆。龙堆，沙漠名，即白龙堆。《汉书·匈奴传》扬雄谏书云：“岂为康居、乌孙能逾白龙堆而寇西边哉！”注：“孟康曰：‘龙堆形如土龙身，无头有尾，高大者二三丈，埤者丈，皆东北向，相似也，在西域中。’”

②阴磷：即阴火，磷火之类，俗谓鬼火。

③中宵起舞：《晋书·祖逖传》：“（祖逖）与司空刘琨俱为司州主簿，情好绸缪，共被同寝。中夜

闻荒鸡鸣，蹴琨觉曰：‘此非恶声也。’因起舞。”辛弃疾《贺新郎·同父见和，再用前韵》：“我最怜君中宵舞，道男儿到死心如铁。”

④金笳：指铜笛之类。笳，古代北方民族的一种乐器，类似笛子。刘禹锡《连州腊日观莫徭猎西山》：“日暮还城邑，金笳发丽谯。”

⑤“须知”三句：谓要知道古今的世事犹如棋局，或胜或负，无常。

⑥蛮触：《庄子·则阳》：“有国于蜗之左角者，曰触氏；有国于蜗之右角者，曰蛮氏。时相与争地而战，伏尸数万。”后有“触蛮之争”之语，意谓由于极小之事而引起了争端。白居易《禽虫十二章》之七：“蟭螟杀敌蚊巢上，蛮触之争蜗角中。”

⑦混同江：指松花江。见《清一统志·吉林一》：“混同江，在吉林城东，今名松花江。”

【译文】

乌鸦从大雪掩盖的土堡上振翅飞起，凛冽寒风吹过大漠，而我正骑着马踏过结冰的河面。鬼火飘荡在夜空，仿佛冤魂哭泣，这景象最令人伤悲。想要学古人闻鸡起舞，而此地寂寥无人，连鸡鸣都听不到。只有低沉的胡笳声，让听者伤怀落泪。　要知道古往今来兴亡成败都像棋局上的拼斗，胜负无常。可叹人们拼命相争的东西其实又算什么呢？纵使获胜，也一样不堪回首，最后只变成史书上的几行文字、残破石碑上的铭文罢了。年华和松花江的江水一起飞速流逝，再也不能回头。

满江红·茅屋新成却赋[①]（问我何心）

问我何心，却构此、三楹[②]茅屋。可学得、海鸥无事，闲飞闲宿。百感都随流水去，一身还被浮名[③]束。误东风、迟日[④]杏花天，红牙曲[⑤]。　尘土梦，蕉中鹿。翻覆手，看棋局[⑥]。且耽闲[⑦]殢酒[⑧]，消他薄福。雪后谁遮檐角翠，雨余好种墙阴绿。有些些[⑨]、欲说向寒宵，西窗烛。

【注释】

①却赋：再赋。却，再。

②三楹（yíng）：房屋一间为一楹。此言未必整三间茅屋，或为泛指几间茅屋之意。

③浮名：虚名。南朝宋谢灵运《初去郡》诗："伊余秉微尚，拙讷谢浮名。"

④迟日：春日，语出《诗经·豳风·七月》"春日迟迟"。

⑤红牙曲：谓拍击着红牙板歌唱。辛弃疾《满江红》："佳丽地，文章伯。金缕唱，红牙拍。看樽前

飞下日边消息。”

⑥“翻覆手”二句：典出《三国志·王粲传》，王粲看别人下围棋，棋局被搅乱，王粲把棋子恢复成原样。下棋的人不相信王粲有这种记忆力，便用头巾盖住棋局，让他用另一副棋照样再摆一遍，王粲照做，两副棋局相较，没摆错一个棋子。此典引申后比喻世事无常，是非莫辨。

⑦耽闲：白白耽搁。

⑧殢（tì）酒：纵酒。辛弃疾《最高楼》：“藕花雨湿前湖夜，桂枝风淡小山时，怎消除？须殢酒，更吟诗。”

⑨有些些：有少量、有一点点。些些，湖北麻城、四川云阳等地方言，词中常用语。

【译文】

若要问我为什么要修建这三间茅屋，那远在千里之外的好友啊，你应该是最清楚的。不是吗？那富贵荣华的豪门朱户生活，其实并不适合我。多想像那自由自在的海鸥一样，能够随心所欲地飞翔啊，一切的烦恼都付之流水。但现实却是，我如今还被这现实的虚名给牢牢地束缚着。我白白地耽搁了东风的轻拂，杏花天的美丽，于是我拍击着红牙板歌唱。　　世事变幻如梦，反复无常，如同一局棋那样变化莫测。暂且乐得清闲，与酒为伴，享受一些微薄的福分。大雪之后屋檐角闪烁的那一丁点儿翠绿，雨后靠墙栽种的绿苗，寒夜里摇曳的灯烛。

◎ **创作背后的故事**

康熙二十三年（1684），顾贞观南归三年有余，纳兰为了招待顾贞观回到京都，专门建造了几间茅屋，并写下了这首词以迎接顾贞观。

满庭芳·题元人芦洲聚雁图

（似有猿啼）

似有猿啼，更无渔唱，依稀落尽丹枫。湿云[①]影里，点点宿宾鸿[②]。占断[③]沙洲寂寞，寒潮上、一抹烟笼。全不似，半江瑟瑟，相映半江红[④]。　楚天秋欲尽，荻花吹处，竟日冥蒙。近黄陵祠庙[⑤]，莫采芙蓉。我欲行吟去也，应难问、骚客遗踪。湘灵杳[⑥]、一樽遥酹[⑦]，还欲认青峰。

【注释】

①湿云：指水面上湿度很大的云气。

②宾鸿：即鸿雁、大雁。

③占断：占尽、全部占有。

④“全不似”三句：谓全不像白居易所描绘的江边傍晚美丽的情景。白居易《暮江吟》：“一道残阳铺水中，半江瑟瑟半江红。”

⑤黄陵祠庙：即黄陵庙。传说为舜二妃娥皇、女英之庙，亦称二妃庙，在今湖北省湘阴县之北。

⑥湘灵杳：谓舜妃之踪影已杳不可见。湘灵，一说为湘水之神；一说为舜妃，即湘夫人。此处指后者。

⑦酹：以酒浇地，表示祭奠。

【译文】

不见人烟，似乎能听到猿啼，遍地枫叶殷红。云雾掩映里，能看到一点点栖宿的大雁，这景象让人无限寂寞。一抹烟霭笼罩在寂寞的沙洲与寒冷的水面上，全不似白居易诗中“一道残阳铺水中，半江瑟瑟半江红”的温暖景象。　　现已是秋末，荻花飘飞，一片空蒙。在靠近黄陵庙的地方，请不要采摘苛花。我想要走入风景，一路行吟，而这荒凉的路上应该寻不到前辈诗人的遗踪吧？湘水女神更是无从寻觅，待我以酒遥祭一番，然后细细辨认哪几座山峰才是唐代诗人钱起写“曲终人不见，江上数峰青”时所看到的山峰。

水调歌头·题西山秋爽图

（空山梵呗静）

空山梵呗[1]静，水月影俱沉。悠然一境人外，都不许尘侵。岁晚忆曾游处，犹记半竿斜照，一抹界疏林[2]。绝顶茅庵里，老衲正孤吟。　　云中锡，溪头钓，涧边琴[3]。此生著几两屐，谁识卧游心[4]？准拟乘风归去，错向槐安回首，何日得投簪[5]？布袜青鞋[6]约，但向画图寻。

【注释】

①梵呗：指寺庙中诵经之声。

②“犹记”二句：谓还记得那夕阳西下时，疏林上一抹微云的情景。界疏林，连接着稀疏的树林。

③“云中锡”三句：谓行走在云山之中，垂钓于溪头之上，弹琴于涧水边，非常快活。锡，即锡飞，僧人行走。

④“此生”二句：隐居山中，四处云游，一生又能穿破几双鞋子呢？此时我赏画神游之情又有谁理解

呢？几两屐，几双鞋子（指木屐，木底有齿的鞋子，古人游山多用之）。《世说新语·方正篇》：“祖士少好财，阮遥集好屐，并恒自经营，同是一累而未判其得失。人有诣祖，见料视财物，客至，屏当未尽，余两小簏箸肖后，倾身障之，意未能平。或有诣阮，见自吹火蜡屐，因叹曰：‘未知一生当着几量屐！’神色闲畅。于是胜负始分。”卧游，观赏山水画以代游览。

⑤“准拟”三句：谓往日入仕，贪图富贵是错误的，真想归隐山中，但是这一愿望何日可以实现呢！准拟，打算、希望。槐安，即槐安梦、南柯梦故事。事见唐李公佐《南柯太守传》。故事说有淳于棼者，饮酒古槐树下，醉入梦，见一城楼题大槐安国。槐安国王招其为驸马，任南柯太守三十年，享尽荣华富贵。醒后见槐下有一大蚁穴，南枝又有一小穴，即梦中的槐安国与南柯郡。后以此典喻人生如梦，富贵得失无常等。投簪，丢下固冠用的簪子，比喻弃官。

⑥布袜青鞋：本指平民百姓之装束，此处借指弃官隐居，语出唐杜甫《奉先刘少府新画山水障歌》：“青鞋布袜从此始。”

【译文】

僧人唱经声停，空山一片寂静，水光与月影亦模糊不清。这里是红尘之外的悠然世界，世俗喧嚣无法将它侵扰。宁静的画面让我油然想起从前也到过类似的地方，还记得那里有斜阳晚照洒在稀疏的林木间，山顶上有一座茅庵，老僧正在庵内诵经。　　或是持着锡杖走在云雾笼罩的山间，或是在溪水旁垂钓，或是在山涧边抚琴，这是何等的逍遥。人一生能穿得了几双木屐呢，有谁能理解南朝宗少文在山水画中卧游的雅趣呢？我希望自己可以乘风归去，过上画里的悠然生活。只可惜我已错踏入名利网中，不知何时才可辞官归隐。避世隐居的誓约，只有在这画中寻找了。

水调歌头·题岳阳楼[1]图

（落日与湖水）

落日与湖水，终古岳阳城。登临半是迁客[2]，历历数题名。欲问遗踪何处，但见微波木叶，几簇打鱼罾[3]。多少别离恨，哀雁下前汀。　　忽宜雨，旋宜月，更宜晴。人间无数金碧，未许著空明[4]。淡墨生绡谱就，待俏横拖一笔，带出九疑青[5]。仿佛潇湘夜，鼓瑟旧精灵[6]。

【注释】

①岳阳楼：著名古城楼，在今湖南省岳阳市西门。相传三国吴鲁肃于此建阅兵台，唐开元四年（716）中书令张说谪守巴陵于阅兵台基础上建此楼。主楼三层，巍峨雄壮。登楼远眺，八百里洞庭尽收眼底。唐李白、杜甫、白居易、李商隐等著名诗人都有咏岳阳楼之作。宋庆历五年（1045）滕子京守巴陵时重修，范仲淹撰《岳阳楼记》，遂使此楼名益著。后迭有兴废。1977年，此楼复修葺。

②迁客：被贬斥放逐之人。

③“但见”二句：微波木叶，《九歌·湘夫人》：“袅袅兮秋风，洞庭波兮木叶下。”谢庄《月赋》：“洞庭始波，木叶微脱”。罾，捕鱼之网，其形似仰伞，用木棍或竹竿做支架，方形。

④“人间”二句：谓人间无数精美的金碧山水画，但与此画（或与实际的岳阳楼）相比，未能如此空明澄澈。金碧，金黄和碧绿的颜色，此处指金碧山水画。未许，未如此。空明，空旷澄澈。

⑤“淡墨”三句：意谓只用淡墨生绡摹画，巧妙地横向拖出一笔，那九疑山之青青的风神便呈现出来。生绡，未漂煮过的丝织品，古代多用以作画。九疑，亦作“九嶷”，即九嶷山，在湖南省宁远县南。

⑥“仿佛”二句：谓这里好像是潇湘夜色，那湘水之神正弹奏着古瑟呢！潇湘，指湘江。谢朓《新亭渚别范零陵诗》：“洞庭张乐池，潇湘帝子游。”李善注引王逸曰：“娥皇女英随舜不返，死于湘水。”后人便称娥皇女英为湘水之神。鼓瑟，弹瑟，即湘灵鼓瑟。精灵，指湘灵。

【译文】

落日下，湖水边，岳阳城仿佛从来不变。登岳阳楼的多是被贬的官员，他们题诗留名在岳阳楼的墙壁上。但如今这些人都去向何方了呢？只看到落叶飘坠在洞庭微波上，还有几处支起来驰网。多少离愁别恨，尽数寄托在那飞下汀州的大雁哀鸣声里。　　这里无论是雨天、晴天或是月下，风景皆好。人间虽有无数富丽堂皇的山水画，但似这般空明的笔法实在罕见。淡墨画在生绡上，横拖一笔便点染出九镜山的青翠，而画中的气氛，就仿佛在夜色笼罩的湘江上倾听湘灵鼓瑟。

凤凰台上忆吹箫（荔粉初装）

除夕得梁汾闽中信，因赋。

荔粉初装，桃符欲换，怀人拟赋然脂[①]。喜螺江双鲤，忽展新词[②]。稠叠频年离恨，匆匆里、一纸难题[③]。分明见、临缄重发[④]，欲寄迟迟。　　心知。梅花佳句，待粉郎香令，再结相思[⑤]。记画屏今夕，曾共题诗。独客料应无睡，慈恩梦、那值微之[⑥]。重来日，梧桐夜雨，却话秋池[⑦]。

【注释】

①“荔粉”三句：谓新春将至，薜荔萌发，春联欲换，怀人之情油然而起，遂点燃灯而赋。荔，薜荔（又名木莲），常绿藤本，蔓生，叶椭圆形，花极小，隐于花托内。果实富胶汁，可制凉粉。桃符，古代挂在大门上的两块木板，上画神荼、郁垒二神以压邪，至五代在桃木板上书写联语，后又书于纸代木板贴之，是为春联。旧俗除夕张贴春联以迎新年。然

脂，点燃火炬、灯烛等。

②“喜螺江”二句：螺江，江名，亦称螺女江，在福建省福州市西北。双鲤，代指书信。此二句说欣喜地得到了来自闽中友人的书信，展开来奉读那动人的新词。

③“稠叠”二句：谓多年的离愁别绪，在这匆匆书写的一纸信文中是难于说尽的。稠叠，稠密层叠，形容相思愁绪之深重。频年，连年、多年。

④临缄重发：意谓信写好后，将封寄出，又折开来，犹恐未尽深意。

⑤“梅花”三句：据《瑶华集》载：“再结相思”作“一样凄迷”。其下有双行小字云：“辛稼轩在闽中之三山有梅花相思之句，‘粉郎香令’梁汾集中语。”粉郎，博粉郎君，即心爱的郎君之意。香令，指三国魏荀彧。晋习凿齿《襄阳记》：“刘季和曰：‘荀令君至人家，坐处三日香。’”后以粉郎香令借指风流高雅之士。这里指顾梁汾。

⑥“独客”二句：意谓料想梁汾独在闽中，此时正辗转不眠，而京华旧游之事犹如梦幻，梁汾不在其中了。慈恩，慈恩寺之省称。唐孟棨《本事诗·徽

异》："时白尚书在京，与名辈游慈恩，小酌花下。"微之，元稹，字微之。此处借指顾梁汾。

⑦"重来日"三句：谓遥想他日重逢，当是在梧桐夜雨之时，那时定然会一起追忆今日的情景。唐李商隐《夜雨寄北》："问君归期未有期，巴山夜雨涨秋池。何当共剪西窗烛，却话巴山夜雨时？"却，再。

【译文】

新春将至，薜荔萌发，春联欲换，怀人之情油然而起，遂点燃灯而赋。欣喜地得到了来自闽中友人的书信，展开来奉读那动人的新词。多年的离愁别绪，在这匆匆书写的一纸信文中是难于说尽的。信写好后，将封寄出，又拆开来，犹恐未尽深意。　　辛稼轩在闽中之三山有梅花相思之句，料想梁汾独在闽中，此时正辗转不眠，而京华旧游之事犹如梦幻，梁汾不在其中了。遥想他日重逢，当是在梧桐夜雨之时，那时定然会一起追忆今日的情景。

凤凰台上忆吹箫·守岁（锦瑟何年）

锦瑟何年，香屏此夕，东风吹送相思[①]。记巡檐笑罢，共捻梅枝[②]。还向烛花影里，催教看、燕蜡鸡丝[③]。如今但、一编消夜[④]，冷暖谁知？　　当时。欢娱见惯，道岁岁琼筵，玉漏如斯[⑤]。怅难寻旧约，枉费[⑥]新词。次第朱幡剪彩，冠儿侧、斗转蛾儿[⑦]。重验取，卢郎青鬓，未觉春迟[⑧]。

【注释】

①“锦瑟”三句：锦瑟，漆有织锦纹的瑟。杜甫《曲江对雨》：“何时诏此金钱会，暂醉佳人锦瑟傍。”此处为借喻往日的好时光。香屏，指华美之屏风。此三句是说何年再有那美好的时光啊，今岁的除夕只剩有锦瑟相伴，东风吹来则更增添了相思。

②“记巡檐”二句：巡檐，来往于檐前。杜甫《舍弟观赴蓝田取妻子到江陵喜寄》之二：“巡檐索共梅花笑，冷蕊疏枝半不禁。”此几句意谓还记得当年共度除夕的情景，那时你我欢笑着往来于檐下。之

后又共捻着梅枝。

③燕蜡鸡丝：旧俗正旦之日学做节日食品。唐冯贽《云仙杂记·洛阳岁节》谓："洛阳人家，正旦造丝鸡、蒿燕、粉荔枝。"明瞿佑《四时宜忌·正月事宜》谓："洛阳人家，正月元日造丝鸡、蜡燕、粉荔枝。"此处为叶韵而用"燕蜡""鸡丝"。

④一编消夜：只是手持着一编书来消磨着除夜。

⑤"当时"四句：琼筵，美宴、盛宴。玉漏。漏壶之美称。此四句谓当时并未想到会有今日的孤寂，那时见惯了欢娱的情景。还说道以后年年会有美宴，漏壶也会永远如此。

⑥枉费：白费。

⑦"次第"二句：次第，依次地。朱幡，尊显之家所用的红色的旗幡。斗，纷纷、纷乱之意。宋康与之《瑞鹤仙·上元应制》："风柔夜暖，花影乱笑声喧。闹蛾儿、满路成团打块，簇着冠儿斗转。"蛾儿，古代妇女于元宵节前后插戴在头上的剪彩小帽之类的应时饰物。此二句是说富贵人家分别挂起了朱幡彩旗，人们高高兴兴地戴上了应时的饰物。

⑧"重验取"三句：验取，检验、查看。卢郎，

传说唐代之卢家子弟，年已老才为校书郎，后娶妻而遭妻怨。宋钱易《南部新书》丁：“卢家有子弟，年已暮犹为校书郎，晚娶崔氏女，崔有词翰，结褵之后，微有慊色。卢因请诗以述怀为戏。崔立成诗曰：‘不怨卢郎年纪大，不怨卢郎官职卑。自恨妾身生较晚，不见卢郎年少时。’”元密子瑜《临江仙》：“卢郎心未老，潘令鬓先皤。”此处是以卢郎借喻自己。此二句意谓再来看看我如今尚未衰老，仍是青春年少。

【译文】

何年再有那美好的时光啊，今岁的除夕只剩有锦瑟相伴，东风吹来则更增添了相思。还记得当年共度除夕的情景，那时你我欢笑着往来于檐下。之后又共捻着梅枝。学做节日食品。只是手持着一编书来消磨着除夜。

当时并未想到会有今日的孤寂，那时见惯了欢娱的情景。还说道以后年年会有美宴，漏壶也会永远如此。富贵人家分别挂起了朱幡彩旗，人们高高兴兴地戴上了应时的饰物。再来看看我如今尚未衰老，仍是青春年少。

秋千索（游丝断续东风弱）

游丝[①]断续东风弱，浑无语、半垂帘幙。茜袖谁招曲槛边，弄一缕、秋千索[②]。　　惜花人共残春薄，春欲尽、纤腰如削。新月才堪照独愁，却又照、梨花落。

【注释】

①游丝：指蜘蛛等昆虫布吐的丝，飘荡在空中。古诗词中常表示春天将残。

②“茜袖”二句：意谓曲槛边那红色裙袖招招的女子，正戏玩着秋千。茜袖，绛红色的衣袖，借指女子。弄，戏弄、游戏。索，绳索，指秋千之绳索。

【译文】

春天将尽，细细的柳丝宛若淡淡轻愁，在风中飘动。曲槛边那红色裙袖招招的女子，正戏玩着秋千。这样的景致，似展开一幅长卷，露出画的一角，唤起人的浮想联翩。　　情愿就这样靠着晚风中的荷花，枕浪而眠。淡淡的愁绪似有似无，更多的是别样的安宁。

鹊桥仙（梦来双倚）

梦来双倚，醒时独拥，窗外一眉新月。寻思常自悔分明，无奈却、照人清切[①]。　　一宵灯下，连朝镜里，瘦尽十年花骨[②]。前期总约上元时，怕难认、飘零人物[③]。

【注释】

①“寻思”二句：谓当初在月色分明的时候与你共度的情景，细想来常悔恨未能珍惜。怎奈如今又逢这照人清切的明月。清切，清晰真切。

②花骨：形容人的容貌优美俏丽。此处是说容颜消瘦衰老。

③“前期”二句：意谓从前我们总是在上元时节相约，而今如果再相见，怕是我这飘零之人会使你难以认得了。前期，指以前的约定。宋孙光宪《定风波》：“年来年去负前期，应是秦云兼楚雨。”上元，阴历正月十五日。飘零人物，谓失意之人。

【译文】

梦中醒来，独自拥着被子，一弯新月挂在窗外。当初在月色分明的时候与你共度的情景，细想来常悔恨未能珍惜。怎奈如今又逢这照人清切的明月。　　容颜消瘦衰老。从前我们总是在上元时节相约，而今如果再相见，怕是我这飘零之人会使你难以认得了。

鹊桥仙·七夕[1]（乞巧楼空）

乞巧楼空，影娥池冷，说着凄凉无算[2]。丁宁休曝旧罗衣，忆素手、为予缝绽[3]。　　莲粉飘红，菱丝翳碧，仰见明星空烂[4]。亲持钿合[5]梦中来，信天上、人间非幻。

【注释】

①七夕：农历七月七日之夜，俗称七夕。《荆婚岁时记》载："七月七日为牵牛与织女聚会之夜。是夕，人家妇女结缕彩，穿七孔针，或金银鍮石为针，陈瓜果于庭中以乞巧。有喜子（蜘蛛）网瓜上，则以符应。"

②"乞巧"三句：意谓适逢七夕佳节，但却孤独寂寞，令人反生愁绪。影娥池，池名。《三辅黄图》谓："汉武帝于望鹄台西建俯月台，台下穿池，月影入池中，使宫人乘舟弄月影，因名影娥池。"唐上官仪《咏雪应诏》："花明栖凤阁，珠散影娥池。"

③"丁宁"二句：丁宁，同叮咛。罗衣，软而轻

的丝制衣服。此二句，谓叮咛不要曝晒那旧罗衣，因为那是她曾为我缝制过的，见到它更会引起我深重的愁怀。

④“莲粉”三句：谓俯看荷塘上莲花飘零，菱丝遮掩了碧波，而仰望长空又只有明星灿烂。莲粉，即莲花。菱丝，菱蔓。翳，遮掩之意。

⑤钿合：金饰之盒。盒，古作“合”字。古代女子以此为定情之信物。陈鸿《长恨歌传》谓：“定情之夕，授金钗钿合以固之。”又，李贺《春怀引》：“宝枕垂云选春梦，钿合碧寒龙脑冻。”

【译文】

闲步信足，不觉已到前院。彩楼已然搭好，和去年此时的一样，华丽的让人眩晕。然而，时过境迁，佳人早已不在，茕茕孑立的我看谁在这样沉迷的夜乞巧！　　想必此情此景，就连汉宫秋月下夜夜笙歌的影娥池亦只能任凭一潭吹皱的池水空叹了吧！我的心生出还旋寂寞的藤，沿着彩楼蜿蜒，当年你濯濯素手为我缝绽的锦衣华服始终不敢穿在身上。不关今日将如何忙乱，也一定要牢记我的叮咛，千万不要触碰那些早已沉压柜底的旧罗衫啊。

忆秦娥·龙潭口[1]（山重叠）

山重叠，悬崖一线天疑裂[2]。天疑裂，断碑题字，古苔横啮[3]。风声雷动鸣金铁[4]，阴沉潭底蚊龙窟。蚊龙窟，兴亡满眼，旧时明月。

【注释】

①龙潭口：龙潭山口，此地在清代吉林府伊通州西南，即今吉林市东郊龙潭山。此处有“龙潭印月”之胜景。康熙二十一年（1682）春，作者护驾东巡过经此地。又，今山西省盂县北之盂山亦有“龙潭”，又称“黑龙池”。作者曾几度赴山西五台山，本篇所指或为此地。

②“悬崖”句：谓群山环绕，举头望去，天空只露一线，仿佛是天幕裂开了。

③古苔横啮：意谓断碑上长满了苍苔，那苍苔好像是啃咬着碑文。

④“风声”句：谓龙潭口处如同风雷大作，发出

了金征戈矛撞击般的巨大声响。鸣金铁，形容风雷声如同金征戈矛撞击之声。

【译文】

群山环绕，举头望去，天空只露一线，仿佛是天幕裂开了。断碑上长满了苍苔，那苍苔好像是啃咬着碑文。　　龙潭口处如同风雷大作，发出了金征戈矛撞击般的巨大声响。依旧的明月照着天下兴亡的更替。

点绛唇（小院新凉）

小院新凉，晚来顿觉罗衫[1]薄。不成孤酌[2]，形影空酬酢[3]。

萧寺[4]怜君，别绪[5]应萧索[6]。西风恶[7]，夕阳吹角[8]，一阵槐花落。

【注释】

①罗衫：丝织衣衫。

②酌（zhuó）：饮（酒）。

③酬酢（chóu zuò）：主客相互敬酒，主敬客曰酬，客敬主曰酢。此处是说独自酌饮，唯有自家的形影相随，非常孤独寂寞。

④萧寺：佛寺。李肇《唐国史补》卷：“梁武帝造寺，令萧子云飞白大书‘萧’字.至今一‘萧’字存焉。”后因称佛寺为萧寺。

⑤别绪：分别时的思绪、情感。

⑥萧索：凄清冷落。

⑦西风恶：是说西风的猛烈寒冷。

⑧角：号角，古代的乐器，多用于军营。

【译文】

天色已晚，小院里忽然添了几分寒意，便觉得此时衣裳有些单薄了。一个人独饮闷酒，对着自己的影子对饮长歌。　　我怀念在萧寺中惺惺相惜的友人是否衣褛单薄，不抵风寒呢。西风劲吹夕阳，随着晚风，天气转寒，自是那槐花也承受不起这寒风，萧萧索索，落了一阵。

点绛唇·咏风兰[1]（别样幽芬）

别样[2]幽芬[3]，更无浓艳[4]催开处。凌波[5]欲去，且为东风住。

忒煞萧疏[6]，争奈秋如许。还留取，冷香[7]半缕，第一湘江雨。

【注释】

①风兰：一种寄生兰，因喜欢在通风，湿度高的地方生长而得名。

②别样：特别、不寻常。

③幽芬：清香。

④浓艳：（色彩）浓丽艳丽，代指鲜艳的花朵。

⑤凌波：形容在水上行走的轻盈柔美的姿态。此处是说风兰在秋风中摇曳的姿态，好像是凌波仙子，轻柔飘逸。

⑥忒（tuī）煞萧疏：意为过分稀疏。忒煞，亦作“忒杀”，太、过分。萧疏，稀疏、萧条。

⑦冷香：清香，也指清香之花。多喻菊、梅之香

气。此处指见阳所画之风兰仿佛散发出了微微香气。

【译文】

风兰散发出不寻常的香味，素雅恬淡没有一丝浓艳浮华。它在秋风中摇曳的姿态犹如凌波仙子轻轻飘逸。

它的叶子如此稀疏，怎么耐得住那寒冷的清秋呢？于是留取那半缕清香入得画中，这幅张见阳之风兰可以堪称画中第一了。

点绛唇·对月（一种蛾眉）

一种蛾眉，下弦不似初弦好[①]。庾郎[②]未老，何事伤心早？素壁[③]斜辉[④]，竹影横窗扫。空房悄，乌啼[⑤]欲晓，又下西楼[⑥]了。

【注释】

①"一种"句：一种，犹言一样、同是。蛾眉，蚕蛾的触须弯曲细长，故用以比喻女子的眉毛。此借指月亮。下弦，指农历每月二十三日前后的月亮。初弦，即上弦，指农历每月初八前后的月亮，其时月如弓弦，故称。古人以蛾眉代指女人的眉毛，又以上弦、下弦之月代指女人的眉毛下垂或上弯。

②庾（yǔ）郎：即庾信，南北朝后周人，骈文写得尤好，著有《伤心赋》，伤其女儿与外孙相继而去时的悲伤。词人二十三岁丧妻，故以庾信自况。

③素壁：白色的墙壁、山壁、石壁。

④斜晖：指月光。

⑤乌啼：乌鸦鸣叫。

⑥又下西楼：指月落。

【译文】

同样的蛾眉月，但下弦之月就不如上弦月好。就像那愁苦之时下垂的眉毛不如欢乐时上弯的眉毛好一样。被滞留在北国的庾信年纪未老，为何过早地开始伤心呢？　　白色墙壁上落下月亮的余晖，竹影在窗棂间轻轻摇曳。相思的人独守空闺，直到乌鸦声起、清晓将至，月亮也落下来了，徒留一人对影凭吊。

眼儿媚（独倚春寒掩夕扉）

独倚春寒掩夕扉，清露泣铢衣[①]。玉箫吹梦，金钗画影，悔不同携[②]。　　刻残红烛[③]曾相待，旧事总依稀。料应遗恨，月中教去，花底催归。

【注释】

①铢衣：传说仙人所穿的衣裳，仅数铢重，故借指极薄极轻的衣衫。

②“玉箫”三句：意谓曾经有过幸福美好、相携相恋的时机，却偏偏失掉了。此处与“金钗”同借指所恋之人。画影，指不真切之画像或美景。

③刻残红烛：古人在蜡烛上刻度，烧以计时。此谓在红蜡烛上的刻度已经烧残，即夜已深沉。

【译文】

玉箫声中入梦，见到了亡妻的倩影：黄昏时掩门独立于春寒中，发髻上插着金钗，清露沾湿了薄薄的罗衣。看见爱妻如此孤独凄冷，真后悔没有和她一起死去，相伴九泉。　　梦醒之后还久久地等待着，希望妻子没有真的死去，还会再来，一直到蜡烛燃尽。往事，虽有点模糊，却还记得。妻子像嫦娥一样奔向月中，年纪轻轻就死去，想起就感到遗憾。

沁园春（试望阴山）

试望阴山[①]，黯然销魂，无言徘徊。见青峰几簇，去天才尺；黄沙一片，匝地[②]无埃。碎叶城荒，拂云堆远[③]，雕外寒烟惨不开[④]。踟蹰久，忽砯崖转石，万壑惊雷[⑤]。　　穷边自足秋怀。又何必、平生多恨哉。只凄凉绝塞，蛾眉遗冢；销沉腐草，骏骨空台[⑥]。北转河流，南横斗柄[⑦]，略点微霜鬓早衰。君不信，向西风回首，百事堪哀。

【注释】

①阴山：今河套以北、大漠以南诸山的统称。《史记·秦始皇本纪》："自榆中并河以东，属之阴山。"王昌龄《出塞》："但使龙城飞将在，不教胡马度阴山。"

②匝地：遍地。

③"碎叶"二句：碎叶城，唐代古城，在今吉尔吉斯斯坦共和国的托克马克附近。拂云堆，在内蒙古自治区境内，堆上有中受降城，并建有拂云祠。但此

处的“碎叶”与“拂云堆”并非实指，而是泛称边地边城。这二句意谓那唐代的碎叶古城早已荒凉，拂云堆也遥远得看不见。

④“雕外”句：意谓唯见飞翔云外的雕鹰和那寒凝大地，云烟茫茫，愁惨不散的凄凉荒漠的景象。

⑤“踟蹰”三句：李白《蜀道难》：“连峰去天不盈尺，枯松倒挂倚绝壁。飞湍瀑流争喧豗，砯崖转石万壑雷。”这里化用。意谓正徘徊不前，忽听得山崖轰鸣，仿佛是巨石滚动，又像万丈深壑里发出的惊雷隆隆。

⑥“只凄凉”四句：绝塞，极远的边塞。蛾眉遗冢，谓古代和亲女子之墓。这里是用汉代王昭君出塞之典事。《汉书·匈奴传下》：“元帝以后宫良家子王嫱，字昭君赐单于。”昭君死后葬于南匈奴之地（即今内蒙古呼和浩特），人称“青冢”。骏骨，骏马之骨。此用燕昭王求贤之典。《战国策·燕策》谓：“燕昭王欲得天下贤者，遂筑黄金台以求之。郭隗劝其诚以待士、虚心延揽，并用古人以千金买千里马之故事规谏他。后招来了乐毅、邹衍、剧辛等。”此四句意谓想到王昭君凄凉出塞，如今人已死去，但

遗冢犹存；而那掩埋在荒漠野草中的，是当年燕昭王求贤所筑的高台。

⑦“北转”二句：意思是说，那河水依然向北流去，北斗星柄仍是横斜向南。斗柄，即北斗星之斗杓。《国语·周语下》：“日在析木之津，辰在斗柄。”注云：“斗前也。”

【译文】

那唐代的碎叶古城早已荒凉，拂云堆也遥远得看不见。唯见飞翔云外的雕鹰和那寒凝大地，云烟茫茫，愁惨不散的凄凉荒漠的景象。正徘徊不前，忽听得山崖轰鸣，仿佛是巨石滚动，又像万丈深壑里发出的惊雷隆隆。　　想到王昭君凄凉出塞，如今人已死去，但遗冢犹存；而那掩埋在荒漠野草中的，是当年燕昭王求贤所筑的高台。那河水依然向北流去，北斗星柄仍是横斜向南。

沁园春（瞬息浮生）

丁巳[①]重阳前三日，梦亡妇淡妆素服，执手哽咽，语多不复能。但临别有云：“衔恨愿为天上月，年年犹得向郎圆。”妇素未工诗，不知何以得此也？觉后感赋。

瞬息浮生，薄命如斯，低徊怎忘。记绣榻闲时，并吹红雨[②]；雕阑曲处，同倚斜阳。梦好难留，诗残莫续，赢得更深哭一场。遗容在，只灵飙[③]一转，未许端详。　　重寻碧落[④]茫茫。料短发、朝来定有霜。便人间天上，尘缘未断；春花秋叶，触绪还伤。欲结绸缪[⑤]，翻惊摇落，减尽荀衣昨日香[⑥]。真无奈，倩声声邻笛，谱出回肠[⑦]。

【注释】

①丁巳：即康熙十六年（1677），时纳兰性德二十三岁。

②红雨：喻落花。

③灵飙：灵峰。《宋史·乐志十》：“后只格

思，灵飙肃然。”

④碧落：天空，青天。杨炯《和辅先入昊天观星瞻》：“碧落三千外，黄图四海中。”白居易《长恨歌》：“上穷碧落下黄泉，两处茫茫皆不见。”《度人经》注：“东方第一天，有碧霞遍满，是云碧落。”

⑤绸缪：缠绵的情缘。

⑥“翻惊”二句：摇落，原指木叶凋落，这里是亡逝之意。荀衣，指荀令（荀彧）衣香。此处用以自喻，谓其形容憔悴，丰神不再。

⑦“真无”三句：邻笛，悲邻笛之意。回肠，喻愁苦、悲痛之情郁结于内，如肠之来回蠕动。唐彦谦《春阴》：“一寸回肠百虑侵，旅愁危涕两争禁。”此用以表示怀旧伤逝、闻笛而悲之意。

【译文】

丁巳重阳的前三个晚上，梦见亡妇妆着素淡身穿素服，执手哽咽。亡妇所说的话太多，无法复述下来，但是临别的时候她说：“衔恨愿为天上月，年年犹得向郎圆”。亡妇从来没有学过写诗，不知道怎么说出这样的话。醒来后有感做出长调。

浮生匆匆而过，瞬息即逝。回思过往，怎么能够遗忘？记得当年，绣榻闲时，相与读书泼茶，吹花嚼蕊，并于雕栏曲处，同倚斜阳。而今，梦好难留，先时的吟咏，没有办法继续，只能更深之时，痛哭一场。梦醒之后，一阵朔风，音容俱逝，已不允许仔细端详。　　碧落、黄泉、山下追寻，两处茫茫皆不见踪影。经过一夜辗转，明朝起身，料想你的短发，一定添秋霜。即便是天上人间，阴阳阻隔，但尘缘未了，未亡人的思忆也还是不能中断。在每一个曾经共同度过的美好时刻，春花与秋叶，都将触动我的愁思。只可惜，情意殷切，形容憔悴，荀令于今已无复往日的风采。这时候，悠扬的笛声从邻院传来，凄厉幽怨，一声声荡气回肠，让人难以忍受。

沁园春（梦冷蘅芜）

梦冷蘅芜[①]，却望姗姗[②]，是耶非耶？怅兰膏渍粉，尚留犀合；金泥蹙绣，空掩蝉纱[③]。影弱难持，缘深暂隔，只当离愁滞海涯。归来也，趁星前月底，魂在梨花。　　鸾胶纵续琵琶。问可及、当年萼绿华[④]。但无端摧折，恶经风浪；不如零落，判[⑤]委尘沙。最忆相看，娇讹道字，手剪银灯自泼茶[⑥]。今已矣，便帐中重见，那似伊家。

【注释】

①蘅芜：香名。晋王嘉《拾遗记·前汉上》："（汉武）帝息于延凉室，卧梦李夫人授蘅芜之香。帝惊起，而香犹著衣枕，历月不歇。"

②姗姗：形容女子走路缓慢从容的样子。《汉书·外戚传上·孝武李夫人》："上思念李夫人不已，方士齐人少翁言能致其神。乃夜张灯烛，设帷帐，陈酒肉，而令上居他帐，遥望见好女子如李夫人之貌，还幄坐而步。又不得就视，上愈益相思悲

感，为作诗曰：是邪？非邪？立而望之，偏何姗姗其来迟！”

③“怅兰膏”四句：兰膏，一种润发的香油。渍粉，残存的香粉。犀合，犀角制成的奁合。金泥，金屑，用以饰物。此处云用金屑粉饰之工艺品。蹙绣，蹙金，用金线绣花而皱缩成线纹，使其紧密而匀贴。蝉纱，即蝉翼纱，像蝉翼一样薄的轻纱。此四句是写亡妇闺房里的遗物。睹物思人，遂怅然心伤。

④“鸾胶”二句：意谓纵然续娶了后妻，但总是觉得比不上前妻。鸾胶，喻续娶后妻之意。《海内十洲记·凤麟洲》载：“西海中有凤麟洲，多仙家，煮凤喙麟角合煎作膏，能续弓弩已断之弦，名续弦胶，亦称鸾胶。后以之喻续娶后妻。”萼绿华，传说中的仙女名。自言为九嶷山中得道之女子罗郁。据南朝梁陶弘景《真诰·运象》载：“晋穆帝时，罗郁夜降羊权家，赠权诗一篇，火浣手巾一方，金玉条脱各一枚。”李商隐《重过圣女祠》：“萼绿华来无定所，杜兰香去未移时。”此处代指亡妻。

⑤判：甘愿、甘心。

⑥“最忆”三句：意谓最令人伤神追忆的是她读

错了字的娇柔之声，和那剪去灯芯，赌气拨茶的娇柔之态。泼茶，煮茶。唐张又新《煎茶水记》："过桐庐江至严子濑，溪色至清，水味甚冷，家人辈用陈黑坏茶泼之，皆至芳香。"又，李清照《金石录后序》记叙了她与赵明诚的一段美满的生活，即比较记诵诗文来决定饮茶先后。亡妻既已读错，遂撒娇泼茶。

【译文】

《红楼梦》宝玉也很爱宝钗，可是万不能与他的林妹妹相比。看到亡妇闺房里的遗物。睹物思人，遂怅然心伤。　　纵然续娶了后妻，但总是觉得比不上前妻。最令人伤神追忆的是她读错了字的娇柔之声，和那剪去灯芯，赌气拨茶的娇柔之态。

南乡子（何处淬吴钩）

何处淬[①]吴钩[②]？一片城荒枕碧流。曾是当年龙战地[③]，飕飕。塞草霜风满地秋。　　霸业等闲休。跃马横戈[④]总白头。莫把韶华[⑤]轻换了，封侯。多少英雄只废丘。

【注释】

①淬：淬火。

②吴钩：钩，兵器形似剑而曲，春秋吴人善铸钩，故称，后也泛指利剑。

③龙战地：指古战场。

④跃马横戈：谓手持武器，纵马驰骋。指在沙场作战。

⑤韶华：美好的年华。

【译文】

放眼观望，狼烟已逝。茫茫苍荒之间，唯一带碧水相绕。塞上早秋，冷冽风霜催早寒，胡雁高飞难，飕飕惨惨。　　叹想这千万年来，这方土地上经历过多少霸业之争，也不知道要何时才能休止。可知那些英姿雄发立马横刀的男儿，总有一天也要白发苍苍垂垂老年。时间多匆匆，切莫用大好的年华去换取浮世的功名。历史长河何止百代，多少英雄不是败给了光阴而最终沉睡成一把冢中枯骨呢。

南乡子·捣衣（鸳瓦已新霜）

鸳瓦[①]已新霜，欲寄寒衣转自伤。见说征夫容易瘦，端相。梦里回时仔细量。　　支枕怯空房[②]，且拭清砧[③]就月光。已是深秋兼独夜，凄凉。月到西南更断肠。

【注释】

①鸳瓦：即鸳鸯瓦。

②“支枕”句：谓空房独处，将枕头竖起、倚靠，不免生怯。

③清砧：即捶衣石，杜甫《溟》：“半扇开烛影，欲掩见清砧。”

【译文】

屋外的瓦当上已结了一层薄薄的清霜，屋内孤灯下，我对着准备为他寄去的寒衣暗自心伤。都说戍边在外的人受尽苦寒，相貌容易消瘦，真想再好好地看他一眼啊，细细打量。如果今夜梦中可以相遇，一定一定要紧紧握住执手相望。　　孤单单衾寒，孤单单的空房，不如趁着月光再来到河边浣洗一遍他的衣裳。深秋寒意重，孤单独夜长，月下捣衣，声声滑砧，敲打着思念与凄凉。蓦然回首，发现月已挂上西南方向，想着天下多少有情人早已相拥而眠，不由得更加让我欲断肝肠。

南乡子（烟暖雨初收）

烟暖雨初收，落尽繁花小院幽。摘得一双红豆子[①]，低头。说着分携泪暗流。　　人去似春休，卮酒曾将酹石尤[②]。别自有人桃叶渡，扁舟[③]。一种烟波各自愁[④]。

【注释】

①红豆子：即相思树所结之子。果实成荚，微扁，子大如豌豆，色鲜红或半红半黑。古人以此作为爱情或相思的象征。唐王维《相思》："红豆生南国，春来发几枝。劝君多采撷，此物最相思。"

②石尤：石尤风，即逆风或顶头风。传说古代石氏女嫁尤郎，尤为商远行，石氏阻之，不从。尤经久不归，石氏思而致病亡，终前曰："吾恨不能阻其行，以至于此。今凡有商旅远行，吾当作大风为天下妇人阻之。"故后人以之喻阻船之风。《玉台新咏》南朝宋孝武帝刘骏《丁督护歌》之一："督护征初时，侬亦恶闻许。愿作石尤风，四面断行旅。"

③“别自”二句：意谓与你分别之后，定然还有人在这里乘小船作别。桃叶渡，渡口名。地在江苏省南京市秦淮河畔，因晋王献之于此歌迎其妾桃叶而得名。后人以此代指情人分别之地，或分别之意。

④“一种”句：谓同样的烟波渡口，同样的分别，但各人却有着各自的离愁了。

【译文】

雨刚刚晴，远处升起暖暖雾气。幽静的小园里繁花落尽。伸手轻轻摘下一双红豆，低下头，想起了我们生死相隔，不由泪流满面。　　人离开了就像这过去的春天容颜不再，繁华易失。拿着酒临溪伤神。就算是有人面桃花，一叶扁舟，也是一种相思两处闲愁。

南乡子·为亡妇题照（泪咽却无声）

泪咽却无声，只向从前悔薄情。凭仗[①]丹青[②]重省识[③]，盈盈[④]，一片伤心画不成。　别语忒[⑤]分明。午夜鹣鹣[⑥]梦早醒。卿自早醒侬自梦，更更[⑦]，泣尽风檐夜雨铃[⑧]。

【注释】

①凭仗：倚着拐杖。

②丹青：指亡妇的画像。

③省（xǐng）识：记忆起、忆起。

④盈盈：此语含有双关意，既有由省识得来的容貌比眼前的画像清晰之意，又有作者无限伤感充盈于怀之意。

⑤忒（tè）：方言，太、特。

⑥鹣鹣（jiān）：即鹣鸟，比翼鸟。似凫，青赤色，相得乃飞。常以之比喻夫妻合美。

⑦更更：一更又一更，即指夜夜苦受熬煎。

⑧夜雨铃：白居易《长恨歌》：“行宫见月伤心

色，夜雨闻铃肠断声。”

【译文】

热泪双流却饮泣无声，只是痛悔从前没有珍视你的一往情深。想凭借丹青来重新和你聚会，泪眼模糊心碎肠断不能把你的容貌画成。离别时的话语还分明在耳，比翼齐飞的好梦半夜里被无端惊醒。你已自早早醒来我却还在梦中，哭尽深更苦雨中风铃声声到天明。

水龙吟·题文姬[①]图（须知名士倾城）

须知名士倾城，一般易到伤心处[②]。柯亭[③]响绝，四弦[④]才断，恶风吹去。万里他乡，非生非死，此身良苦。对黄沙白草，呜呜卷叶，平生恨、从头谱。　应是瑶台伴侣[⑤]。只多了、毡裘夫妇。严寒觱（bì）篥[⑥]，几行乡泪，应声如雨。尺幅重披[⑦]，玉颜千载，依然无主[⑧]。怪人间厚福，天公尽付，痴儿騃驼女。

【注释】

①文姬：汉蔡文姬，名蔡琰，字文姬，生卒年不详。陈留圉（今河南省杞县南）人。为汉大文学家蔡邕之女。博学能文，有才名，通音律。初嫁河东卫仲道，夫亡无子，归母家。汉献帝兴平（194–195）中，天下乱，为乱军所虏，流落南匈奴十二年，生二子。后曹操以金璧赎还，改嫁董祀。有《悲愤诗》二首传世。

②“须知”二句：谓要知名士与美人是多情而敏感的，他们最易生愁动感。倾城，代指美女。

③柯亭：即柯亭笛。相传蔡邕（蔡文姬之父）用柯亭（古地名，在今浙江省绍兴市西南，此地盛产良竹）之竹制笛。晋伏滔《长笛赋》："邕避难江南，宿于柯亭。柯亭之观，以竹为椽。邕仰而盯之曰：'良竹也。'取以为笛，奇声独绝。历代传之，以至于今。"

④四弦：指蔡文姬所弹奏之琵琶。琵琶为四根弦，故云。

⑤瑶台伴侣：谓蔡文姬本可以成为汉家的贵妇人，或是宫中的后妃。瑶台，美玉砌筑之楼台，代指华丽之楼阁，或神仙所居之处，此处借指汉家天子。

⑥觱（bì）篥（lì）：古代簧管乐器名。又称"笳管""管头"。出自西域龟兹，后传入内地。唐刘商《胡笳十八拍》第七拍："龟兹愁中听，碎叶琵琶夜深怨。"

⑦尺幅重披：谓用图画重新描绘了文姬赴漠北的情景。尺幅，以小幅的绢或纸作画。披，披露、陈述。宋曾巩《祭晁少卿文》："会合乖阔，则有书问，开纸披辞，犹若际遇。"此处引申为"摹画出"之意。

⑧依然无主：蔡文姬《胡笳十八拍》："天灾国乱兮人无主，唯我薄命兮没胡虏。"

【译文】

要知道名士和美女一般都是容易动情生愁。柯亭笛响已绝，精通音律之才已矣，文姬因战乱被虏往胡地。万里迢迢的他乡，她生不能生，死不得死，此身确实辛苦。她用卷叶吹奏出鸣鸣的笛音，将此生所有的愁怨，从头谱曲。　　她本应成为汉家的贵妇，而今却做了胡人的妻室。塞北严寒，在凄厉的笳管声中，她思念的泪水如雨水般应声而落。重新展开《文姬图》细看，千载悠悠，她美好的容颜依旧，只是孑然一身。怪老天尽把人间的厚福，都给了那些庸庸碌碌之人。

水龙吟·再送[1]荪友南还

（人生南北真如梦）

人生南北真如梦，但卧[2]金山高处。白波东逝[3]，鸟啼花落，任他日暮。别酒盈[4]觞，一声将息[5]，送君归去。便烟波万顷，半帆残月[6]，几回首、相思否。　　可忆柴门深闭，玉绳低[7]、剪灯夜语。浮生如此，别多会少，不如莫遇。愁对西轩[8]，荔墙叶暗，黄昏风雨。更那堪、几处金戈铁马[9]，把凄凉助。

【注释】

①再送：严绳孙南归时，纳兰性德先作《送荪友》诗相送，之后再作此词，是为“再送”。

②卧：“高卧”之意，形容悠然归隐的生活。

③白波东逝：意谓光阴流逝。白波：水流，李群玉《题金山寺石堂》：“白波四面照楼台，日夜潮声绕寺回。”此处白波喻指时光。

④盈：满。

⑤将息：珍重、保重。

⑥半帆残月：半帆，指小船。残月，下半月的“娥眉月”，这里残月表示伤感。

⑦玉绳低：谓夜已深。玉绳，北斗七星之斗杓，在北斗第五星玉衡之北，即天乙、太乙二星。《太平御览》卷五引《春秋纬·元命苞》：“玉衡北两星为玉绳。”苏轼《洞仙歌》：“试问夜如何？夜已三更，金波淡，玉绳低转。”

⑧轩：这里指有窗的长廊。

⑨金戈铁马：指战争，其时正值“三藩之乱”，严绳孙南还，距离战区愈近。《旧五代史·李袭吉传》李克用与朱温书云：“岂谓运由奇特，谤起奸邪，毒手尊拳，交相于暮夜；金戈铁马，蹂践于明时。”辛弃疾《永遇乐》：“想当年，金戈铁马，气吞万里如虎。”纳兰填此词时“三藩”刚刚平定，但收复台湾、雅克萨，平定噶尔丹等战事仍在进行中，故云。

【译文】

人的一生，南北漂泊，四处奔走，宛如幻梦。现在你终于可以高卧在金山之上，看大江东去，伴鸟啼花落，任凭夕阳西下而无所牵挂。离别的酒已经倒满酒杯，道一声珍重，愿您平安返回故乡。在烟波浩渺的漫漫长路上，在午夜梦回，只有孤帆残月相伴之时，你是否会回头北望，思念远方朋友。　　可曾想起那夜我们紧闭柴门，一直到深夜之时，还在灯前说着知心的话语。人生就是这样，别离的时候多，相聚的时日少。还不如我们从来就没有相遇。黄昏之时，我孤独一人，对着西轩而寂寞忧愁，昏暗的薜荔墙上的叶子在风雨中飘摇晃动，更有频繁的故事，使我心中更加凄凉。

◎ 创作背后的故事

康熙十二年（1673），时年十九岁的纳兰性德与严绳孙结识，成了忘年之交。之后，严绳孙应纳兰性德的邀请在明珠府借住了两年，二人作诗词互相酬唱，无所不谈。康熙十八年（1679），严绳孙举博学鸿词科，授翰林院检讨，后迁右春坊中允、翰林院编修等职。清康熙二十四年（1685）四月，严绳孙告假南归，与纳兰性德作别时“人辞纳兰时，坐无余人，相与叙平生之聚散，究人事之终始，语有所及，怆然伤怀”。纳兰性德对好友的离开伤心不已，前后共写下五首词相赠，足见二人情谊之深厚，这首《水龙吟》便是其中之一。

齐天乐·上元（阑珊火树鱼龙舞）

阑珊火树鱼龙舞，望中宝钗楼远[①]。鞢鞨余红，琉璃剩碧，待属花归缓缓[②]。寒轻漏浅[③]。正乍敛烟霏，陨星如箭[④]。旧事惊心，一双莲影藕丝断[⑤]。　　莫恨流年似水，恨消残蝶粉[⑥]，韶光忒贱[⑦]。细语吹香[⑧]，暗尘笼鬓，都逐晓风零乱。阑干敲遍。问帘底纤纤[⑨]，甚时重见？不解相思，月华今夜满。

【注释】

①“阑珊”二句：谓上元之夜，灯事已近尾声，人们渐渐离去，远远望去闹市中的歌楼酒馆也愈来愈远了。宝钗楼，此指歌楼酒肆。蒋捷《女冠子·元夕》：“春风飞到，宝钗楼上，一片笙箫，琉璃光射。”

②“鞢鞨”三句：鞢鞨，红鞢鞨，又称鞢鞨芽，红色宝石之一种，即红玛瑙。相传产于鞢鞨国，故名。《旧唐书·肃宗纪》：“上元二年壬子，楚州刺史崔侁献定国宝玉十三枚……七曰靺鞨，大如巨栗，

赤如樱桃。”又，明宋应星《天工开物·珠玉》：“（宝石）属红黄类者，为猫精、靺鞨芽、星汉沙、琥珀、木难、酒黄、喇子。”琉璃，玻璃。清赵翼《陔徐丛考·琉璃》：“俗所谓琉璃，皆消融石汁及铅锡和以药而成，其来自西洋者较厚而白，中国所制，则脆薄而色微青。”诗词中常以靺鞨、琉璃等喻晶莹碧透之物。此处是指远望灯市上的红红绿绿的灯火。待，直等到。缓缓，慢慢、徐徐。苏轼《陌上花》：“遗民几度垂垂老，游女长歌缓缓归。”

③寒轻漏浅：谓元夕之夜已深，寒意袭人，漏壶的水也快要滴完了。

④“正乍敛”二句：烟霏，烟火所形成的烟雾。陨星，代指燃放之烟火。

⑤“一双”句：意为见到一双莲花形的灯影，便勾起了对往事的回忆，令人心惊，又令人情思难断。

⑥消残蝶粉：谓美好之容貌消失了。蝶粉，唐人之宫妆，即“蝶粉蜂黄”。周邦彦《满江红》：“蝶粉蜂黄都褪了，枕痕一线红生肉。”此处则是代指美丽的容貌和彼此之情爱。

⑦忒贱：谓美好时光太短暂。忒，副词，太、

过于。

⑧细语吹香：形容可爱的女子细声细气地谈笑及其所散发之香气。

⑨帘底纤纤：指所思念之帘下的娇好的女子。纤纤，原指女子手之柔细，《古诗十九首，青青河畔草》："娥娥红粉妆，纤纤出素手。"这里代指所思念之女子。

【译文】

上元之夜，灯事已近尾声，人们渐渐离去，远远望去闹市中的歌楼酒馆也愈来愈远了。远望灯市上的红红绿绿的灯火。见到一双莲花形的灯影，便勾起了对往事的回忆，令人心惊，又令人情思难断。　　美好之容貌消失了。想起所爱的女子细声细气地谈笑及其所散发之香气。今夜月圆却难解相思。

眼儿媚·中元[1]夜有感

（香台手自写金经）

香台手自写金经，惟愿结来生[2]。莲花漏转，杨枝露滴，想鉴微诚[3]。　　欲知奉倩神伤极，凭诉与秋擎[4]。西风不管，一池萍水，几点荷灯。

【注释】

①中元：指农历七月十五日。旧俗民间于此日有祭祀亡故亲人的活动，是日于水上放荷灯，以奠亡灵。道观作斋醮，僧寺作盂兰盆会，唐韩鄂《岁华纪丽·中元》："道门宝盖，献在中元。释氏兰盆，盛于此日。"

②"手写"二句：谓亲手写佛经，为的是乞求与亡故的爱妻再结来生。香台，佛殿之别称，即烧香之台。《维摩诘经》："有国名众香，悉以香作亭台楼榭。"金字经，佛经。《南史·何敬容传》："大同元年三月，武帝幸同泰寺，讲金字三惠经。"唐元稹

《清都夜境》："闲开蕊珠殿，暗阅金字经。"

③"莲花"三句：莲花漏，古代一种计时器。唐李肇《唐国史补》："初，惠远以山中不知更漏，乃取铜叶制器，状如莲花，置盆水之上，底孔漏水，半之则沉。每昼夜十二沉，为行道之节，虽冬夏短长，云阴月黑，亦无差也。"杨枝，杨柳之枝条。又，指佛语"扬枝水"，即喻指能使万物复苏的甘露。《晋书·佛图澄传》谓：石勒"爱子斌暴病死，……乃告澄。澄取杨枝沾水，洒而咒之，就执斌手曰：'可起矣！'因此遂苏。"鉴，审察、辨明。此三句意谓想默数着漏滴、露滴来表明我的心意是否真诚。

④"欲知"二句：意谓想要知道我供奉神明，又伤心至极的心情，唯有这秋日里的荷灯可以证明了。凭诉，即凭说，辨明之证据。秋擎，指所放之荷灯。

【译文】

亲手写佛经，为的是乞求与亡故的爱妻再结来生。想默数着漏滴、露滴来表明我的心意是否真诚。　　想要知道我供奉神明，又伤心至极的心情，唯有这秋日里的荷灯可以证明了。

唐多令（金液镇心惊）

金液镇心惊，烟丝似不胜[①]。沁鲛绡湘竹无声[②]。不为香桃[③]怜瘦骨，怕容易，减红情。　　将息报飞琼，蛮笺署小名[④]。鉴凄凉片月三星[⑤]。待寄芙蓉心上露，且道是，解朝酲[⑥]。

【注释】

①“金液”二句：意谓美酒喝过了，平静的心为之惊动，连那轻缓的香烟也仿佛承受不了。金液，古代方士炼的一种丹液，谓服之可以成仙。又，亦可解作美酒。不胜，无法承受。

②“沁蛟绡”句：谓沁满了泪痕的湘妃竹默默无声。又，亦可谓手帕上沁满了泪痕，湘妃竹也默默无声。鲛绡，传说鲛人所织的绢。亦可解为手帕的代指。

③香桃：指仙境的桃树。

④“将息”二句：将息，保重、调养。飞琼，原指西王母之侍女许飞琼。后泛指仙女，亦借指美丽的

女子。详见《汉武帝内传》。蛮笺，唐时高丽纸之别称。亦指蜀地所产的彩色笺纸。

⑤“鉴凄凉”句：谓明镜一般的天空，弯月明星，倍觉凄凉。片月，一弯月。

⑥“待寄”三句：这三句表面的意思是说寄去荷花上的露水，它是可以解消夜来荷花的醉意。实际是说寄去了自己的心意，它可以宽慰你的如醉如痴的相思。

【译文】

美酒喝过了，平静的心为之惊动，连那轻缓的香烟也仿佛承受不了。沁满了泪痕的湘妃竹默默无声。

彩色笺纸将消息传给心爱的女子。明镜一般的天空，弯月明星，倍觉凄凉。寄去了自己的心意，它可以宽慰你的如醉如痴的相思。

鹧鸪天·离恨（背立盈盈故作羞）

背立盈盈[①]故作羞，手挼[②]梅蕊打肩头。欲将离恨寻郎说，待得郎来恨却休。　　云淡淡，水悠悠，一声横笛锁空楼[③]。何时共泛春溪月，断岸垂杨一叶舟。

【注释】

①盈盈：美好貌。此指女子之风姿、仪态的美妙动人。

②手挼（ruó）：用手揉弄。

③锁空楼：谓笛声萦绕在空寂的楼阁中。锁，形容笛声不绝，仿佛凝滞在楼中。

【译文】

女子背向着盈盈而立，故意做出含羞的姿态，手中揉搓着梅花的花蕊，任其打落在肩头。想要找到她的郎君，将离别的愁怨向他诉说，等到郎君归来，她的愁怨却消散无踪。　　白云安静地漂浮，江水闲适地流动，一声横笛，笛音幽怨空灵，凝滞在那寂寞的空楼。想着何时才能在春溪的明月下共同泛舟，却只能望着江边堤岸低垂的杨柳下那一叶孤舟。

青玉案·辛酉人日[①]

（东风七日蚕芽软）

东风七日蚕芽[②]软。青一缕、休教剪。梦隔湘烟征雁远。那堪又是，鬓丝吹绿，小胜[③]宜春颤。　　绣屏浑不遮愁断，忽忽年华空冷暖。玉骨[④]几随花骨换。三春醉里，三秋别后，寂寞钗头燕。

【注释】

①人日：旧俗农历正月初七日为人日。据南朝梁宗懔《荆楚岁时纪》云："正月七日为人日。以七种菜为羹，剪彩为人或镂金箔为人，以贴屏风，亦戴之头鬓。又造华胜以相遗，登高赋诗。"汪元治刻本副题作"辛酉人日"，故此篇或作于康熙二十年（1681）之正月初七日。

②蚕芽：即桑芽。

③小胜：古代妇女头饰。传说为西王母所戴，亦称玉胜，汉代又称华胜。后多以剪彩为之。人日之时，或妇女头戴小胜，或剪胜以饰门窗、屏风等。

④玉骨：形容女子清瘦秀丽的身架。

【译文】

正是初春时节，桑吐新芽，青青一缕，而人却像南征之雁不在身边。纵绿鬓如云，春幡袅袅，也只有独怜自赏。　　流年暗转，年华易逝，又加此时之春愁别恨，这些是绣屏无法遮断的，个中冷暖也只有自己知晓。如今容颜变换更是令人伤感。年复一年如醉如痴地受着别离苦情的折磨。

踏莎行（春水鸭头）

春水鸭头，春山鹦嘴[①]，烟丝无力风斜倚[②]。百花时节好逢迎，可怜人掩屏山睡[③]。　　密语移灯，闲情枕臂[④]，从教酝酿孤眠味[⑤]。春鸿不解讳相思，映窗书破人人字[⑥]。

【注释】

①“春水”二句：此言春水泛出了鸭头绿色，身上的春衫鲜红的犹如鹦哥的红嘴。

②“烟丝”句：谓看那袅袅的烟丝被春风吹得歪歪斜斜，那么娇弱无力。

③“百花”二句：谓在这百花盛开的时候，正是应该情人相会，可他却偏偏掩起了屏风独自沉睡。屏山，屏风。

④“密语”二句：谓将灯烛移近，想着那些秘密的话语，头枕着手臂，握着闲愁的苦味。密语，秘密的、悄悄地话语。

⑤从教：任凭、听凭。

⑥“春鸿”二句：谓大雁不知避讳此时的相思，偏偏从窗外飞过，却不成“人”字的阵形。春鸿，春天的大雁。书破，本指书写错乱，此处喻指雁行不成“人”字形。

【译文】

春水泛出了鸭头绿色，身上的春衫鲜红得犹如鹦哥的红嘴。看那袅袅的烟丝被春风吹得歪歪斜斜，那么娇弱无力。在这百花盛开的时候，正是应该情人相会，可他却偏偏掩起了屏风独自沉睡。 将灯烛移近，想着那些秘密的话语，头枕着手臂，握着闲愁的苦味。体会到孤枕难眠的滋味。大雁不知避讳此时的相思，偏偏从窗外飞过，却不成“人”字的阵形。

踏莎美人·清明（拾翠归迟）

拾翠归迟，踏青期近，香笺小叠邻姬讯。樱桃花谢已清明，何事绿鬟[①]斜亸②宝钗横。　　浅黛双弯，柔肠几寸，不堪更惹青春恨。晓窗窥梦有流莺，也说个侬憔悴可怜生。

【注释】

①绿鬟：指乌黑发亮的头发。

②斜亸：斜斜地垂下来。

【译文】

拾翠踏春，别的女孩子求之不得，个个摆出跃跃欲试的模样，隔壁的女子早就写信相约了。可是这位女主角显然与众不同，她陷入了莫名的春愁：清明节快到了，正是游春踏青的好时节，邻家女伴写来信笺相邀游春。　　然而樱桃花都谢了，清明将要过去，却不知为何事而蹉跎。只因疏慵倦怠，本就愁绪满怀，于是不愿再去沾惹新恨了。如此愁绪谁能明了？也就只有那清晨窗外的流莺了。

摸鱼儿·送座主[①]德清蔡先生

（问人生）

问人生、头白京国，算来何事消得[②]。不如罨画清溪上，蓑笠扁舟一只。人不识。且笑煮、鲈鱼趁着莼丝碧[③]。无端酸鼻。向歧路销魂，征轮驿骑，断雁西风急[④]。　　英雄辈，事业东西南北。临风因甚成泣[⑤]？酬知有愿频挥手，零雨凄其此日[⑥]。休太息。须信道、诸公衮衮皆虚掷[⑦]。年来踪迹。有多少雄心，几番恶梦，泪点霜华[⑧]织。

【注释】

①座主：科举考试之主考官、总裁官，亦称座师。蔡先生，蔡启僔（1619–1683），字石公，号昆阳，浙江德清人。康熙十年辛亥（1671）纳兰举顺天乡试。时徐乾学与蔡启博为主考官。后于康熙十一年壬子（1672）科时，徐蔡二人以“副榜未取汉军卷”而被削职。康熙十二年癸丑（1673）蔡先生回归故里，纳兰填此以赠。

②“问人生”二句：谓人生在世，算来有何事值得于京城里熬白了头！京国，京城，此指北京。消得，值得。

③“不如”四句：此为慰藉之语。意谓不如归隐江湖，知足保和，闲适自乐。饕画，色彩鲜明之图画，这里形容蔡先生家乡之美丽如画。鲈鱼、莼丝，用南朝张季鹰之典。刘义庆《世说新语·识鉴》谓：“张季鹰辟齐王东曹椽，在洛，见秋风起，因思吴中莼菜羹、鲈鱼脍，曰：‘人生贵得适意尔，何能羁宦数千里以要名爵？’遂命驾便归。”后以此典喻思乡赋归之意。

④“无端”四句：谓事出无端，令人悲痛欲泣，在这临别的时刻，又偏是西风凄紧，孤雁南飞。征轮驿骑，行人所乘之车轮与骤马，代指蔡先生之将去。

⑤“临风”句：迎风而泣下。杜甫《与严二郎奉礼别》：“出涕同斜日，临风看去尘。”

⑥“酬知”二句：意谓当此临歧分别之日，正细雨蒙蒙，唯有频频挥手以酬知己了。零雨，慢而细的小雨。

⑦“须信”句：杜甫《醉时歌》：“诸公衮衮登

台省，广文先生官独冷。”此处谓要知道那些衮衮诸公虽很得意，但其所得都是身外浮名，虚掷岁月。

⑧霜华：谓白发。

【译文】

人生在世，算来有何事值得于京城里熬白了头！不如归隐江湖，知足保和，闲适自乐。事出无端，令人悲痛欲泣，在这临分别的时刻，又偏是西风凄紧，孤雁南飞。　　迎风而泣下。当此临歧分别之日，正细雨蒙蒙，唯有频频挥手以酬知己了。要知道那些衮衮诸公虽很得意，但其所得都是身外浮名，虚掷岁月。

荷叶杯（帘卷落花如雪）

帘卷落花如雪[①]，烟月。谁在小红亭？玉钗敲竹乍闻声[②]，风影[③]略分明。　　化作彩云飞去[④]，何处？不隔枕函边[⑤]，一声将息[⑥]晓寒天，肠断又今年。

【注释】

①“帘卷”句：化宋之问《寒食还陆浑别业》“洛阳城里花如雪，陆浑山中今始发。”

②“玉钗”句：化自高适《听张立本女吟》“自把玉钗敲砌竹，清歌一曲月如霜”。意境虽略似，然纳兰写恋人风致与张女却大不相同，她显然是个更为纤弱的女孩，只是在月下偶尔的轻叩竹身，不会很潇洒地拿玉钗敲竹子敲很响。

③风影：随风晃动之物影，这里指那人的身影。南朝陈后主《自君之出矣》之一：“思君若风影，来去不曾停。”

④“化作”句：纳兰翻用李白《宫中行乐词》中

句："只愁歌舞散，化作彩云飞。"字不改动，但放在整首词里，神韵却完全不一样，一个是欢喜中几乎没有惆怅，一个就很惆怅。

⑤"不隔"句：意谓与她的枕边的情义总是隔不断的。枕函，中间可以贮物的枕头。

⑥将息：珍重、保重。宋谢逸《柳梢青》："香肩轻拍，樽前忍听一声将息。"

【译文】

落花如雪的月色里，月色朦胧，仿佛看到了妻子正立在小红亭里。又仿佛听到了几声玉钗竹般的响声。

她化作彩云飞逝了，但飞往何处呢？与她的枕边的情义总是隔不断的，一声叹息，回到现实中，今年在断肠的相思中又过去了。

荷叶杯（知己一人谁是）

知己一人谁是？已矣。赢得误他生。有情终古似无情，别语悔分明。　　莫道芳时[①]易度，朝暮。珍重好花天[②]。为伊指点再来缘[③]，疏雨洗遗钿[④]。

【注释】

①芳时：花开时节，即良辰美景之时。

②好花天：指美好的花开季节。

③再来缘：下世的姻缘，来生的姻缘。再来，再一次来，即指来生、来世。

④钿：指用金、银、玉、贝等镶饰的器物。这里代指亡妇的遗物。

【译文】

我的知己是谁？她人已离去；我们一生相伴，此身足矣。生死临别，言犹不悔，难怪古人说多情不似无情好，爱喜生忧，痴情如我。　　别说欢乐的时光很多，其实人生如朝露，转眼青丝成白发，韶华流年，今世不忘。看见她留下的钗钿，泪水就像雨一样，假使有来生，希望她能借着前世遗物的指引，记起那些有我的时光。

谒金门[①]（风丝袅）

风丝[②]袅，水浸[③]碧天清晓。一镜湿云青未了[④]，雨晴春草草[⑤]。梦里轻螺谁扫[⑥]，帘外落花红小。独睡起来情悄悄[⑦]，寄[⑧]愁何处好。

【注释】

①谒金门：《谒金门》本是唐教坊曲，后用为词牌名。敦煌曲子辞中有“得谒金门朝帝廷”句，所以此调可能得名于此。此调又有别名《出塞》《空相忆》《杨花落》《花自落》《醉花春》《不怕醉》《春早湖山》等，有多种不同体格，都是双调。这首词为其中之一体，上、下阕各四句，共四十五字，句句押仄声韵。

②风丝：风中的柳树枝条。

③浸：浸染。欧阳修《蝶恋花》：“水浸碧天风皱浪，菱花荇蔓随双桨，红粉佳人翻丽唱。”

④“一镜”句：是说无际的水面上映出青色的云

朵。青未了：青色一望无际。杜甫《望岳》：“岱宗夫如何？齐鲁青未了。”

⑤草草：匆促之意，劳心烦恼。《诗经·小雅》：“骄人好好，劳人草草。”李白《新林浦阻风诗》：“纷纷江上雪，草草客中悲。”

⑥轻螺谁扫：描画眉毛。螺：螺黛，古代女子画眉之墨，也叫螺子黛。欧阳修《阮郎归》：“浅螺黛，淡燕脂，闲妆取次宜。”谁：此为自指。扫：描画。

⑦悄悄：淡淡的忧愁，却又绵绵不断。冯延巳《更漏子》：“情悄悄，梦依依，离人殊未归。”

⑧寄：寄托。李白《闻王昌龄左迁龙标遥有此寄》：“我寄愁心与明月，随风直到夜郎西。”

【译文】

柔风细细，水面上映出一望无际的云朵。雨过天晴，然而这春色反而令人增添愁怨。　　梦中曾与伊人相守，轻轻地为你描画眉毛。梦醒则唯见帘外落花，这一怀愁绪该向何处排解呢。

◎ **创作背后的故事**

康熙十五年，纳兰性德殿试之前，为了考取功名，主要学习儒家经典，研习《四书》《五经》及八股文写作，同时亦潜心于诗词的创作，这首词便创作于这个时期。

少年游（算来好景只如斯）

算来好景只如斯。惟许有情知。寻常[①]风月[②]，等闲谈笑，称意[③]即相宜[④]。　　十年青鸟[⑤]音尘断，往事不胜思。一钩残照[⑥]，半帘飞絮，总是恼人时。

【注释】

①寻常：普通，一般。

②风月：本指清风明月，后代指男女情爱。

③称意：合乎心意。

④相宜：合适，符合。

⑤青鸟：神话传说中为西王母取食传信的神鸟。《山海经·西山经》：“又西二百二十里，曰三危之山，三青鸟居之。”郭璞注：“三青鸟主为西王母取食者，别自栖息于此山也。”又，汉班固《汉武故事》云：“七月七日，上于承华殿斋，正中，忽有一青鸟从西方来，集殿前。上问东方朔，朔曰：‘此西王母欲来也。’有顷，王母至，有两青鸟如乌，侠侍

王母傍。”后遂以“青鸟”为信使的代称。

⑥残照：指月亮的余晖。

【译文】

只求你知道，只要懂得，因为有你，才是好景，才能称意。　　哪怕十年音尘绝，回想起来也只有彼时是美好的，否则就算一样月钩精巧、柳絮轻盈，也只是憔悴人看憔悴景，一发凄清。

诉衷情（冷落绣衾谁与伴）

冷落绣衾谁与伴？倚香篝[1]。春睡起，斜日照梳头。欲写[2]两眉愁，休休[3]。远山残翠收，莫登楼。

【注释】

①香篝：熏笼。

②写：这里指描眉。

③休休：不要，不可，罢了，算了。

【译文】

华美艳丽的绣衾衣裳，却遭受冷落，无人来看，依靠熏笼睡去。春睡乍起，醒来已是黄昏时期，发髻蓬乱，便在傍晚的斜阳下梳头理妆。但对着镜子想要描画双眉时，看到镜中的自己满面愁容，眉头紧锁，还是算了吧。远处山峰的翠色在夕阳中渐渐黯淡下去，不要去登高楼凭眺。

长相思（山一程）

山一程[1]，水一程，身向榆关[2]那畔[3]行，夜深千帐[4]灯。风一更[5]，雪一更，聒[6]碎乡心梦不成，故园⑦无此声[8]。

【注释】

①程：道路、路程，山一程、水一程，即山长水远。

②榆关：即今山海关，在今河北秦皇岛东北。

③那畔：即山海关的另一边，指身处关外。

④帐：军营的帐篷，千帐言军营之多。

⑤更：旧时一夜分五更，每更大约两小时。风一更、雪一更，即言整夜风雪交加也。

⑥聒：声音嘈杂，这里指风雪声。

⑦故园：故乡，这里指北京。

⑧此声：指风雪交加的声音。

【译文】

将士们不辞辛苦地跋山涉水，马不停蹄地向着山海关进发。夜已经深了，千万个帐篷里都点起了灯。

外面正刮着风、下着雪，惊醒了睡梦中的将士们，勾起了他们对故乡的思念，故乡是多么的温暖宁静呀，哪有这般狂风呼啸、雪花乱舞的聒噪之声。

画堂春（一生一代一双人）

一生一代一双人，争教两处销魂[①]？相思相望不相亲，天为谁春。　浆向蓝桥[②]易乞，药成碧海难奔[③]。若容相访饮牛津[④]，相对忘贫。

【注释】

①“一生”二句：唐骆宾王《代女道士王灵妃赠道士李荣》：“相怜相念倍相亲，一生一代一双人。”争教，怎教。销魂，形容极度悲伤、愁苦或极度欢乐。江淹《别赋》：“黯然销魂者，惟别而已矣。”杜安世《诉衷情》：“梦兰憔悴，掷果凄凉，两处销魂。”此谓天作之合，却被分隔两地。两处相思，黯然销魂。

②蓝桥：地名。在陕西蓝田县东南蓝溪上，传说此处有仙窟，为裴航遇仙女云英处。《太平广记》卷十五引裴硎《传奇·裴航》云：裴航从鄂渚回京途中，与樊夫人同舟，裴航赠诗致情意，后樊夫人答诗

云："一饮琼浆百感生，玄霜捣尽见云英。蓝桥便是神仙窟，何必崎岖上玉清。"后于蓝桥驿因求水喝，得遇云英，裴航向其母求婚，其母曰："君约取此女者，得玉杵臼，吾当与之也。"后裴航终于寻得玉柞臼，遂成婚，双双仙去。此处用这一典故是表明自己的"蓝桥之遇"曾经有过，且不为难得。

③"药成"句：《淮南子·览冥训》："羿请不死之药于西王母，姮娥窃之，奔月宫。"高诱注："姮娥，羿妻，羿请不死之药于西王母，未及服之。姮娥盗食之，得仙。奔入月宫，为月精。"李商隐《嫦娥》："嫦娥应悔偷灵药，碧海青天夜夜心。"这里借用此典说，纵有不死之灵药，但却难像嫦娥那样飞入月宫去。意思是纵有深情却难以相见。

④饮牛津：晋张华《博物志》："旧说云：天河与海通，近世有人居海诸者，年年八月，有浮搓来去，不失期。人有奇志，立飞阁于搓上，多资粮，乘搓而去。至一处，有城郭状，屋舍甚严，遥望宫中多织妇，见一丈夫牵牛诸次饮之，此人问此何处，答曰：'君还至蜀郡问严君平则知之。'"故饮牛津系指传说中的天河边。这里是借指与恋人相会的地方。

【译文】

明明是一生一世，天作之合，却偏偏不能在一起，两地分隔。整日里，相思相望，而又不得相亲，枉教得凄凉憔悴，黯然销魂。不知道上苍究竟为谁，造就这美丽青春。　　一为裴航，乞浆蓝桥，而得妻云英；一为嫦娥，窃不死药，而飞奔月宫。如果能够像牛郎织女一样，于天河相见，即使抛却荣华富贵也心甘。

金菊对芙蓉·上元（金鸭消香）

金鸭消香，银虬泻水①，谁家夜笛飞声。正上林雪霁②，鸳甃晶莹。鱼龙舞罢香车杳，剩尊前袖掩吴绫③。狂游似梦，而今空记，密约烧灯④。　　追念往事难凭。叹火树星桥⑤，回首飘零。但九逵烟月⑥，依旧胧明。楚天一带惊烽火⑦，问今宵可照江城？小窗残酒，阑珊灯灺⑧，别自关情⑨。

【注释】

①“金鸭”二句：金鸭，铸为鸭形之铜香炉。古人多用以薰香或取暖。此处指薰香。毛熙震《小重山》：“红罗帐，金鸭冷沉烟。”银虬，银漏、虬箭。古代一种计时器，漏壶中有箭，水满而箭出，箭上有刻度，因以计时，又箭上刻有虬纹，故称。唐王勃《乾元殿颂序》：“蝉机撮化，铜浑将九圣齐悬：虬箭司更，银漏与三辰合运。”

②上林雪霁：上林，上林苑，秦、汉时长安、洛阳等地之皇家宫苑，后泛指帝王之宫苑园囿。雪霁雪

止而初晴。

③“鱼龙”二句：鱼龙舞，古杂戏。唐宋时京城于元宵节盛行此戏，亦称鱼龙杂戏，又称鱼龙百戏。梁元帝《纂要》云：“百戏起于秦汉，有鱼龙漫衍。……象人怪兽，舍利之戏”《汉书·西域传赞》：“作《巴俞》都卢、海中《砀极》、漫衍鱼龙、角抵之戏以观视之。”颜师古注：“漫衍者，即张衡《西京赋》所云‘巨兽百寻，是为漫延’者也。鱼龙者，为舍利之兽，先戏于庭极，毕乃入殿前激水，化成比目鱼，跳跃漱水，作雾障日，毕，化成黄龙八丈，出水敖戏于庭，炫耀日光。《西京赋》云：‘海鳞变而成龙’，即为此色也。”柳永《破阵乐》：“绕金堤，曼衍鱼龙戏，簇娇春罗绮，喧天丝管。”香车，谓女人所乘之车。吴绫，指产于余杭（今杭州）一带的丝织品。

④烧灯：即燃灯。古诗词中专指元宵之夜的灯火。晏几道《生查子》：“心情慵剪彩，时节近烧灯。”

⑤火树星桥：形容元宵日，灯事之景。

⑥九逵烟月：谓京城之通衢大道上，烟云缭绕，月色朦胧。九逵，京城之大道。烟明，指月色微明。

⑦“楚天”句：谓江南一带正有战事。楚天，本指楚地的天空，后泛指南方的天空。

⑧阑珊灯灺：指灯火将尽，烛光微弱。灺，同“拖”，烧残的灯灰。

⑨关情：动情。张先《江南柳》：“今古柳桥多送别，见人分袂亦愁生，何况自关情。”

【译文】

金鸭形的香炉飘香，计时用的银虬在不停地倾泻着流水，今夜是谁家的笛声飞泻而出？帝王之宫苑园囿中雪止而初晴，用鸳瓦砌成的井壁晶莹冰冷。鱼龙杂戏演出完毕后你所乘之车远去，只剩下樽前袖子掩住了吴绫。看似痴狂的游玩如梦幻一般，而现在只记得与你秘密相约在元宵之夜的灯火下。　　追忆怀念往事又苦于无所凭借。空是感叹元宵日的灯事之景，回首自己为心只是飘零，情无所托。京城之通衢大道上，烟云缭绕、月色朦胧，灯笼所发出的光依旧明亮。而江南一带正有战事，而今晚那样的月色可否照在江城？小窗下酒将酌尽、灯火将尽，烛光微弱，这样的情景，总是让人动情。

琵琶仙·中秋（碧海年年）

碧海[①]年年，试问取、冰轮[②]为谁圆缺？吹到一片秋香，清辉了如雪[③]。愁中看、好天良夜，知道尽成悲咽。只影而今，那堪重对，旧时明月。　　花径里、戏捉迷藏，曾惹下萧萧井梧叶[④]。记否轻纨小扇[⑤]，又几番凉热。只落得、填膺百感，总茫茫、不关离别。一任紫玉无情，夜寒吹裂[⑥]。

【注释】

①碧海：传说中的海名。东方朔《十洲记》："扶桑在东海之东岸。岸直，陆行登岸一万里，东复有碧海。海广狭浩汗，与东海等。水既不咸苦，正作碧色，甘香味美。"又做青天解。宋晁补之《洞仙歌》："青烟幂处，碧海飞天镜。"

②冰轮：月亮代名之一，历来用以形容皎洁的满月。唐王初《银河》："历历素榆飘玉叶，涓涓清月湿冰轮。"

③"吹到"二句：谓秋风把一片秋花吹开了，那

明亮的月光犹如白雪。清辉，指明亮的月光。

④“花径”二句：捉迷藏，又称逮猫儿，儿童玩的一种游戏。井梧叶：谓井边的梧桐树叶。

⑤轻纨小扇：即纨扇。

⑥“一任”二句：紫玉，指笛箫，因截紫竹所制，故名。元陈旅《次韵友人京华即事》：“仙女乘鸾吹紫玉，才人骑马勒黄金。”二句煞拍，说当下心境。

【译文】

碧海青天，年年如此，而云间的月亮，却为何时圆时缺。今夜里，金风送爽，土花映碧，画栏桂树悬挂着一缕秋香；月亮光就像白雪一般晶莹透彻。谁知道，这好天良夜，却让人忧愁，让人悲咽。孤身只影，怎么可面对旧时明月。　　那时节，也是这么个中秋夜，你和我，花径里捉迷藏，曾经将金井梧桐的霜叶惊落。手上轻巧的小纨扇，至今又经历几番凉热。一时间，不由得百感丛生；但这又与一般的相思离别无关。面对这旧时明月，只好让无情的紫玉箫，于寒风中吹烈。

酒泉子（谢却荼蘼）

谢却荼蘼，一片月明如水。篆香[①]消，犹未睡，早鸦啼。

嫩寒[②]无赖[③]罗衣薄，休傍阑干[④]角。最愁人，灯欲落，雁还飞。

【注释】

①篆香（zhuàn xiāng）：盘香，为篆字形状。

②嫩寒：轻寒，春寒。秦观《浣溪沙》："漠漠轻寒上小楼，晓阴无赖似穷秋。"

③无赖：无奈。

④阑干：同"栏杆"。

【译文】

在那一片月明如水的夜里，白色的荼蘼花凋谢了。篆香已经燃尽，可是我却还没有睡着，早起的乌鸦已经开始啼叫，又是一夜不成眠。　　丝丝的寒冷透过微薄的锦衣，不要再倚靠栏杆远望了。那灯要燃尽，鸿雁犹飞的情景是最让人伤怀的啊。

赤枣子（惊晓漏）

惊晓漏[①]，护春眠。格外娇慵[②]只自怜。寄语酿花[③]风日好，绿窗来与上琴弦[④]。

【注释】

①惊晓漏：意谓清晓，漏声将人惊醒，但却依然贪睡。

②娇慵：指刚刚睡醒惺忪妩媚的样子。

③酿花：催花开放。

④上琴弦：代指弹琴。

【译文】

清晨，滴漏声将春睡的佳人惊醒，但佳人却依然贪睡。娇慵倦怠又暗生自怜。寄语给那催促鲜花盛开的和风丽日，到我的绿窗边上来与我一起拨弄琴弦。

玉连环影（何处）

（按此调谱律不载，或亦自度曲[①]。）

何处？几叶萧萧雨。湿尽檐花[②]，花底人无语。掩屏山，玉炉寒。谁见两眉愁聚倚阑干。

【注释】

①自度曲：谓在旧有曲调外，自行谱制新曲，或指在旧词调之外自己新创作的词调。

②檐花：屋檐下的鲜花。

【译文】

哪里来的凄冷细雨，将屋檐下的花都沾湿了，花下的女子沉静无语。走进屋子，掩上屏风，玉炉仍旧是寒冷的。谁见到她倚着栏杆双眉紧蹙。

遐方怨（欹角枕）

欹角枕[①]，掩红窗。梦到江南，伊家博山[②]沉水香[③]。湔裙[④]归晚坐思量。轻烟笼浅黛[⑤]，月茫茫。

【注释】

①欹角枕：斜靠着枕头。欹（yi），通“倚”，斜靠着。角枕，角制或用角装饰的枕头。

②博山：博山炉，香炉名。以盖上的造型似传说的海上博山而得名。又一说，像华山，因秦昭王与天神博于此，故名。

③沉水香：即沉香，一种香料。

④湔裙：古俗元日至月底，士女酹酒洗衣于水滨，祓除不祥。又称湔裳，湔衫。

⑤浅黛：即妇女的眉毛，亦可指碧绿的远山。

【译文】

其疏慵倦怠，相思无绪的情态。白日已消匿，孤独寂寞的夜晚又来临了。词人斜倚角枕，百无聊赖，而红窗已掩，伊人难归。于是只有睡觉，希冀在梦中与伊人相会。

青衫湿[①]·悼亡（近来无限伤心事）

近来无限伤心事，谁与话长更？从教分付[②]，绿窗红泪[③]，早雁初莺。　　当时领略[④]，而今断送，总负多情。忽疑君到，漆灯[⑤]风飐[⑥]，痴数春星[⑦]。

【注释】

①青衫湿：词牌名，又名《人月圆》，宋人王诜用此调时，因词中有“人月圆时”一句，所以得名。此调体格多样，皆为双调。

②从教分付：一切都听任其安排。张元干《念奴娇》：“有谁伴我凄凉，除非分付，与杯中醽醁。”

③红泪：指伤离或死别的眼泪。

④领略：欣赏，晓悟。

⑤漆灯：灯明亮如漆谓之“漆灯”。《世说新语》谓王羲之见杜宏治，叹曰：“面如凝脂，目如点漆，此真神仙中人。”这里之“漆灯”语出唐李贺《南山田中行》：“石脉水流泉滴沙，鬼灯如漆点

松花。”

⑥风飐（zhǎn）：风吹之意。毛文锡《临江仙》：“岸泊渔灯风飐碎，白苹远散浓香。”

⑦痴数春星：谓痴情地数着天上的星斗。梁简文帝《神山寺碑》：“澄明离日，照影春星。”

【译文】

最近有太多的伤心事，我能与谁倾诉于这漫漫长夜？一切听从命运的安排，早春时节，窗外绿影婆娑，大雁归来，黄莺歌舞，任凭泪流满面。　　当年与你欣赏美景，如今却丧失了，辜负了往日的一片深情。忽然一阵风吹，明灯随风摇动，我以为是你的魂魄回来了，罢了，我只能痴情地数星等待。

落花时（夕阳谁唤下楼梯）

（按此调谱律不载，或亦自度曲。一本作《好花时》。）

夕阳谁唤下楼梯，一握香荑[1]。回头忍笑阶前立，总无语、也依依[2]。　　笺书直恁无凭据，休说相思。劝伊好向红窗醉，须莫及、落花时。

【注释】

①香荑：柔软而芳香的茅草嫩芽。

②依依：美丽。

【译文】

一个风姿绰约的姑娘正从楼梯上下来，当看见是自己的心上人时，先是下意识地回头看看有没有别人，然后就嫣然一笑地站住了。　　尽管一句话没说，但绵绵的情谊早已从眉梢间泄露了。

梅梢雪·元夜月蚀（星球映彻）

星球映彻[1]，一痕微褪梅梢雪。紫姑[2]待话经年别，窃药[3]心灰[4]，慵把菱花[5]揭。　　踏歌[6]才起清钲[7]歇，扇纨[8]仍似秋期洁。天公毕竟风流绝，教看蛾眉，特放些时缺。

【注释】

①映彻：晶莹剔透的样子。

②紫姑：传说中的厕神，又名子姑、坑三姑。传说紫姑为李景妾，因为大妇所妒，常被役为秽事，死后为神。

③窃药：神话传说中的后羿在西王母处得到不死神药，被他的妻子嫦娥盗走，食后成仙奔月。此事见《淮南子·览冥训》，后人以“窃药”比喻求仙。

④心灰：心如死灰，极度消沉。

⑤菱花：菱花镜。多呈六角形或背面刻有菱花者。

⑥踏歌：传统的群众歌舞形式，舞蹈时相互搭肩

或牵手，以脚踏地作为节奏。

⑦清钲（zhēng）歇：指锣声停止，表示月食结束。钲，古代军中乐器，行军时敲击以节制步伐。古代习俗，认为月食是月亮被天狗吃掉了，因而月食时敲锣以吓退天狗。

⑧扇纨（wán）：指纨扇，白色丝绢做的团扇。

【译文】

京城的元宵之夜到处都是花灯和焰火，梅梢的积雪竟在这一夜里微微地融化了一些。厕神紫姑正欲与人诉说多年的离情别绪，嫦娥却正在懊悔着当初偷了仙药独上月宫，不愿揭开镜面见人，所以月亮被深深地掩住了。　　但很快，驱逐天狗的铜锣戸停了下来，月亮又露出了脸来。地上的人们手拉着手，脚踏着节拍，再次把歌声唱响，天上的月亮也恢复了七夕时候的明艳皎洁。都是因为天公的风流啊，为了看一眼月儿那弯弯的蛾眉，特地制造了这一次的月食。

木兰花（人生若只如初见）

人生若只如初见，何事[1]秋风悲画扇？等闲[2]变却故人心，却道故心[3]人易变。　骊山语罢清宵半，泪雨零铃终不怨。何如薄幸[4]锦衣郎[5]，比翼连枝当日愿。

【注释】

①何事：为何，何故。

②等闲：无端，平白地。

③故人：指情人。

④薄幸：薄情，负心，也指负心的人。

⑤锦衣郎：指唐明皇。

【译文】

意中人相处若总像刚刚相识的时候，是那样的甜蜜，那样的温馨，那样的深情和快乐。但你我本应当相亲相爱，又怎么会成了今日的相离相弃？如今轻易地变了心，你却反而说情人间就是容易变心的。　我与你就像唐明皇与杨玉环那样，在长生殿起过生死不相离的誓言，却又最终作决绝之别，也不生怨。但你又怎比得上当年的唐明皇呢，他总还是与杨玉环有过比翼鸟、连理枝的誓愿。

红窗月（燕归花谢）

燕归花谢，早因循[①]、又过清明。是一般风景，两样心情。犹记碧桃影里、誓三生[②]。　　乌丝阑纸娇红篆，历历春星[③]。道休孤密约，鉴取深盟[④]。语罢一丝香露、湿银屏。

【注释】

①因循：本为道家语，意谓顺应自然。此处则含有不得不顺应自然之义。

②三生：佛家语，谓前生、今生、来生。

③“乌丝”二句：意谓在丝绢上写就鲜红的篆文，好像那天上清晰的明星一般。乌丝阑纸，指书写作画用的丝绢。娇红，鲜艳的红色。历历，清晰貌。《古诗十九首·明月皎夜光》：“玉衡指孟冬，众星何历历。”春星，星斗。

④“道休孤”二句：意谓说道不要辜负你我的密约，这绢丝上的深盟即可为凭。孤，辜负、对不住之义。唐贾岛《喜雍陶至》：“且莫孤此兴，勿论穷与

通。”　鉴取，察知了解。取，助词，表示动作之进行。深盟，指男女对天发誓，永结同心的盟约。

【译文】

花儿凋谢，燕子归来，遵循节令又过了清明。风景是一样的，但心里却是两样的愁情，都在思念着对方。好像还记得那次在回廊里相逢，我们互相发誓要相爱三生，永不分离。　我们在丝绢上写就的鲜红的篆文，好像那天上的星星一样清晰可见。说道不辜负你我的密约，这丝绢上的深盟即可为凭。说罢已是深夜，一丝清淡的露珠湿了银色的屏风。

瑞鹤仙（马齿加长矣）

丙辰生日自寿。起用弹指词句，并呈见阳。

马齿加长矣，枉碌碌乾坤，问汝何事[1]。浮名总如水。判尊前杯酒，一生长醉。残阳影里，问归鸿[2]、归来也未？且随缘、去住无心，冷眼华亭鹤唳[3]。

无寐。宿醒犹在。小玉来言，日高花睡[4]。明月阑干，曾说与、应须记。是蛾眉便自、供人嫉妒，风雨飘残花蕊[5]。叹光阴、老我无能，长歌而已。

【注释】

①“马齿”三句：马齿，马之牙齿。马齿随年而增，故以之喻人年龄增长。《毂梁传·僖公二年》：“荀息牵马操璧而前曰：璧则犹是也，而马齿加长矣！”此三句为作者自问自嘲之语，意谓年龄又长了一岁，自问在这莽莽乾坤中，在这大千世界里。徒自

碌碌无为，所营何事！

②归鸿：飞回之大雁。诗词中常喻离人归来。

③“且随缘”三句：随缘，原为佛家语。此处谓顺应自然，不与世争。华亭鹤唳，华亭，在今上海市淞江县西。华亭鹤唳系感慨人生，悔入仕途之典。南朝宋刘义庆《世说新语·尤悔》：“陆平原（陆机）河桥败，为卢志所谗，被诛，临刑叹曰：‘欲闻华亭鹤唳，可复得乎？’”陆机与弟陆云在洛阳时常游华亭墅中，故有此叹。这里的二句是说应达观处世，要顺其自然，对富贵功名之事须冷眼相看。

④“宿酲”三句：宿酲，宿醉，谓醉酒而经宿尚未全醒。小玉，原指神话中仙人侍女之名，此处代指侍女。

⑤“是蛾眉”三句：意谓凡是出众的人才，便自然要遭人嫉妒，犹如那美丽的鲜花遭遇风雨的摧残一样。屈原《离骚》：“众女嫉余之蛾眉兮，谣诼谓余以善淫。”

【译文】

年龄又长了一岁，自问在这莽莽乾坤中，在这大千世界里。徒自碌碌无为，所营何事！应达观处世，要顺其自然，对富贵功名之事须冷眼相看。　　醉酒而经宿尚未全醒。凡是出众的人才，便自然要遭人嫉妒，犹如那美丽的鲜花遭遇风雨的摧残一样。

青衫湿·悼亡（青衫湿遍）

青衫湿遍，凭伊慰我，忍便相忘。半月前头扶病[1]，剪刀声、犹在银釭[2]。忆生来小胆怯空房。到而今独伴梨花影，冷冥冥、尽意凄凉。愿指魂兮识路，教寻梦也回廊。　咫尺玉钩斜[3]路，一般消受，蔓草残阳。判[4]把长眠滴醒，和清泪、搅入椒浆[5]。怕幽泉[6]还我为神伤。道书生薄命宜将息[7]，再休耽、怨粉愁香[8]。料得重圆密誓，难禁寸裂柔肠。

【注释】

①扶病：带着病而行动做事。

②银釭：银灯。古代以油灯照明，贵族大家多用银制灯台，故称银釭。

③玉钩斜：随代葬埋宫女的墓地。《陈无己诗话》："广陵亦有戏马台下路号玉钩斜。"这里是指亡妻的灵寝所在地。

④判：同"拚"。此处甘愿之意。周邦彦《解连环》："拚今生对花对酒，为伊泪落。"

⑤椒浆：即椒酒，以椒实浸制之酒，多于元旦饮

用。这里是指祭奠之酒浆。

⑥幽泉：墓穴，代指亡妻。

⑦将息：保重、调养之意。

⑧怨粉愁香：粉香，代指女人。怨粉愁香是喻指男女间的恩怨私情，这里借指与妻往日的浓情蜜意。

【译文】

想到你，泪水就将我的青衫衣襟打湿！你对我的真情和关慰，点点滴滴我又怎能忘记呢？半个月前你还带病而强打着精神做事，当时你剪灯花的声音现在还仿佛留在银灯边。回想起来，你生性胆小，连一个人在房子里都害怕，可如今你却在那冷冷的幽暗的灵柩里，独自伴着梨花影，受尽了凄凉。我愿意为你的灵魂指路，让你的魂魄再一次到这回廊里来。　　你我近在咫尺，正一样地消受着这夕阳晚照下的荒原凄景。我愿用我的热泪和祭祀的酒浆把你滴醒，让你又活转过来，可又怕你醒来后继续为我伤神，你定然会说：你书生命太薄，应该多多保重，不要再耽于儿女情了！但我却记得你我曾有过的誓言，现在想来那誓言真的难以实现了，想到这一切又怎能不叫人肝肠寸断呢？

点绛唇·寄南海[①]梁药亭

（一帽征尘）

一帽征尘，留君不住从君去。片帆何处？南浦[②]沉香雨[③]。

回首风流[④]，紫竹村[⑤]边住。孤鸿语，三生[⑥]定许，可是梁鸿[⑦]侣。

【注释】

①南海：广东省。

②“南浦”句：南面的水边，后泛指送别之地，与陆上送别之地“长亭”相对。

③沉香雨：谓沉香浦之雨，沉香浦在广州市西郊之江滨，因晋代广州刺史吴隐之曾投沉香于其中而得名。

④风流：潇洒风流。

⑤紫竹村：或为梁药亭的家乡地名。

⑥三生：佛家语，指前生、今生、来生。

⑦梁鸿：字伯鸾，系汉扶风平陵人，家贫而好

学，尚气节，为隐逸之士，与妻子孟光相敬如宾。

【译文】

你意欲南归，我百计留你，但留天涯一时，留不得漂泊一世。留不住了，只好让你走了。你踏上归途，要回到多雨的家乡去。　回首往日隐居紫竹村边，那潇洒风流的生活实在令人怀念。那天空中飞过的孤鸿，可是你寻觅了三生的伴侣呢？

◎ **创作背后的故事**

梁药亭为了参加进士考试，长期滞留京师，故与纳兰相识，结为知己。但药亭仕进不利，故于清康熙二十年（1681）离京返粤，此篇大约作于是年。当药亭离京后，纳兰填此寄赠，表达了对他的深切的怀念。

望海潮·宝珠洞[①]（汉陵风雨）

汉陵风雨，寒烟衰草，江山满目兴亡。白日空山，夜深清呗[②]，算来别是凄凉。往事最堪伤，想铜驼巷陌，金谷风光[③]。几处离宫[④]，至今童子牧牛羊。　荒沙一片茫茫，有桑乾[⑤]一线，雪冷雕翔[⑥]。一道炊烟，三分梦雨，忍看林表[⑦]斜阳。归雁两三行，见乱云低水，铁骑[⑧]荒冈。僧饭黄昏，松门[⑨]凉月拂衣裳。

【注释】

①宝珠洞：未详何指。或为今北京西郊八大处之宝珠洞。洞在第二处。是为八大处最高处，其殿宇有牌坊、正殿、弥陀殿、敞轩等。登临此处可凭高眺远，北京城、永定河、卢沟桥、昆明湖、玉泉山等尽收眼底。

②清呗：谓清晰的诵经之声。

③“往事”三句：铜驼巷陌，即铜驼街。原址在今河南省洛阳市故洛阳城中。以道旁曾有汉铸铜驼两枚相对而得名。为古代著名的繁华之地。金谷，古地

名。原址在今洛阳市之西北。后亦代指繁华之地，游宴之所。南朝梁何逊《车中见新林分别甚盛》：“金谷宾游盛，青门冠盖多。”宋周邦彦《瑞鹤仙》：“寻芳遍赏，金谷里，铜驼陌。”此三句意谓最令人伤心惆怅的是，往日的繁华兴盛早已消失殆尽，一去不返了。

④离宫：古代帝王出巡在外时所居住之宫室。

⑤桑乾：指古爆水。即今永定河上游口相传每年桑葚熟时河水干涸，故名。

⑥雕翔：谓雕鹰在空中盘旋。

⑦林表：树林之外。《文选·谢朓<休沐重还丹阳道中>》：“云端楚山见，林表吴岫微。”李善注：“表，犹外也。”

⑧铁骑：一种兵种，常指骑兵。

⑨松门：前植松树的屋门。此指寺庙之门。唐王勃《游梵宇二觉寺》：“萝幌栖禅影，松门听梵音。”

【译文】

远眺宝珠洞的风光和感怀：荒凉的坟墓历经风雨，

只剩寒烟衰草一片，满目兴亡事跃然眼前。这白日下的空山，夜深后的诵经声，平添了无限凄凉。最令人伤心惆怅的是，往日的繁华早已消失殆尽，一去不返了。

曾经的离宫遍生荒草，成为放牧牛羊之所。茫茫黄沙，河流一线，雪冷雕翔。一道炊烟，夜雨纷纷，一片空旷寥落，使人不忍看林外夕阳。天空鸿雁飞过一片乱云，曾经金戈铁马的战场如今成为荒冈。寺庙里的黄昏分外凄清，冷月清风，只剩下一片苍茫寂寞。

玉连环影（才睡）

才睡。愁压衾花碎[①]。细数更筹，眼看银虫[②]坠。梦难凭，讯难真，只是赚[③]伊终日两眉颦。

【注释】

①“愁压”句：此为夸张之语，谓愁绪之沉重，仿佛将被子上的花也要压碎了。衾花，指织印在被子上的花卉图案。

②银虫：指蜡烛的烛花。

③赚：赚得、赢得。

【译文】

刚刚睡下。烦愁仿佛把衾被上的花卉图案压碎了。细细数着更筹，眼看着灯花坠下。梦境不可信，音讯不能真，只是赢得你终日里蹙起两蛾眉。

渔父（收却纶竿落照红）

收却纶竿[①]落照红，秋风宁为[②]剪芙蓉。人淡淡，水濛濛，吹入芦花短笛中。

【注释】

①纶竿：钓竿。

②宁为：乃为、竟为。

【译文】

渔人在夕阳落照，晚霞红遍之时，收起钓竿归棹。莲花在秋风阵阵吹拂下整齐地摇曳。淡淡的人影，蒙蒙的流水，从芦花荡中传来的短笛之声，一切都那么恬淡从容。

浣溪沙·郊游联句

（出郭寻春春已阑）

出郭寻春春已阑（陈维崧），东风吹面不成寒（秦松龄），青村几曲到西山（严绳孙）。　并马未须愁路远（姜宸英），看花且莫放杯闲（朱彝尊），人生别易会常难（纳兰性德）。

◎ **创作背后的故事**

此篇是纳兰与友人合作的一首词。从词意看，大约是在北京西郊的一次春游。词共六句，陈、秦、严、姜、朱、纳兰各成一句。这一首联句之作既可以看出诗人之间亲密的友情，亦可看到纳兰在其中所表现出的伤感意绪。